Goosebumps®

Goosebumps®

Goosebumps®
雞皮疙瘩 13

雪怪復活記
The Abominable Snowman of Pasadena

R.L. 史坦恩（R.L.STINE）◎著

孫梅君◎譯

致台灣讀者

讀者們，請小心……

我是R・L・史坦恩，歡迎到「雞皮疙瘩」的可怕世界裡來。

你是否曾在深夜裡聽到過奇怪的嚎叫？你是否曾在黑暗中聽到腳步聲——卻根本看不到人？你是否見過神祕可怖的陰影，幽幽暗處有眼睛在窺視著你，或者身後有聲音叫你的名字？

如果是這樣，你應該了解那種奇特的發麻的感覺——那種給你一身雞皮疙瘩、被嚇呆的感覺。

在這些書裡，幽靈在閣樓上竊竊低語；膽顫心驚的孩子忽而隱形；稻草人活了，在田野裡走來走去；木偶和布娃娃也有生命，到處嚇人。

當然，這些都是磨礪心志的好玩的嚇人事。我希望你們感到害怕，同時也希望你們大笑。這都是想像出來的故事。當然，最可怕的地方在你們自己心裡。

過個害怕的一天吧！

R L Stine

出版緣起

人生從奇幻冒險開始

何飛鵬
城邦媒體集團首席執行長

我的八到十二歲是在《三劍客》、《基度山恩仇記》、《乞丐王子》中度過的。可是現在的小孩有更新奇的玩具、電玩、漫畫，以及迪士尼樂園等。

八到十二歲，正是孩子從字數極少、以圖畫爲主的繪本閱讀，跨越到漸漸以文字閱讀爲主的時期。也正是訓練孩子從圖像式思考，轉變成文字思考的重要階段。在這個階段，養成長期的文字閱讀習慣，能培養孩子敘事、分析、推理的邏輯思辨能力，奠定良好的寫作實力與數理學力基礎。

然而，現在的父母擔心，大環境造成了習於圖像、不擅思考、討厭文字的一代。什麼力量能讓孩子重回閱讀的懷抱呢？

全球銷售三億五千萬冊的「雞皮疙瘩」，正是爲了滿足此一年齡層的孩子的需求而誕生的！

無論是校園怪奇傳說、墓地探險、鬼屋驚魂，或是與木乃伊、外星人、幽靈、吸血鬼、殭屍、怪物、精靈、傀儡相遇過招，這些孩子們的腦袋裡經常出現的角色或想像，經由作者的生花妙筆，營造出一個個讓孩子們縱橫馳騁的魔幻時空、光怪陸離的神奇異界，經歷各種危急險難，最終卻又能安全地化險爲夷。這樣的冒險犯難，無論男孩女孩，無不拍案稱奇、心怡神醉！

本系列作品被譯爲三十二種語言版本，並在全球數十個國家出版，創下了出版史上多項的輝煌紀錄，廣受世界各地孩子的喜愛。作者史坦恩表示，這套作品之所以成功，是因爲多年的兒童雜誌編輯工作，讓他對兒童心理和兒童閱讀需求有了深刻理解——他知道什麼能逗兒童發笑，什麼能使他們戰慄。

我們誠摯地希望臺灣的孩子也能和世界上其他的孩子一樣，有更豐富多元的閱讀選擇。更希望藉由這套融合驚險恐怖與滑稽幽默於一爐，情節緊湊又緊張的「雞皮疙瘩系列叢書」，重拾八到十二歲孩子的閱讀興趣，從而建立他們的閱讀習慣，擁有一個快樂學習的童年。

現在，我們一起繫好安全帶，放膽體驗前所未有的驚異奇航吧！

專文推薦

戰慄娛人的鬼故事

廖卓成
國立臺北教育大學語文與創作系兒童文學教授

這套書很適合愛看鬼故事的讀者。

文學的趣味不止一端，莞爾會心是趣味，熱鬧誇張是趣味，刺激驚悚也是趣味。有人擔心鬼故事助長迷信，其實古典小說中，也有志怪小說一類，《聊齋誌異》就有不少鬼故事。何況，這套書的作者開宗明義的說：「這都是想像出來的故事」，不必當眞。

既然恐怖電影可以看，看鬼故事似乎也無妨；考試的書讀久了，偶爾調劑一下，對頭腦卻是有益。當然，如果看鬼片會連續失眠，妨害日常生活，那就不宜勉強了。

雋永的文學作品，應該有深刻的內涵；但不少兒童文學作品說教有餘，趣味不足。只要有趣味，而且不是害人爲樂的惡趣，就是好的作品。鮑姆（Baum）在《綠野仙蹤》的序言裡，挑明了他寫書就是爲了娛樂讀者。

倒是內行的讀者，不妨考校一下自己的功力，留意這套書的敘事技巧，由主角「我」來講故事，有甚麼效果？書中衝突的設計與化解，是否意想不到又合情合理？能不能有不同的設計？會不會更好？這是另一種引人入勝之處。

導讀

結局只是另一場驚嚇的開始

耿一偉
臺北藝術節藝術總監
臺北藝術大學戲劇系兼任助理教授

不知道大家還記不記得，小時候玩遊戲，比如捉迷藏等，都會有一個人要當鬼。鬼在這個遊戲中很重要，沒有鬼來捉人，遊戲就不好玩。這些遊戲的關鍵特色，不是人要去消滅鬼，而是要去享受人被鬼追的刺激樂趣。所以當鬼捉到人後，不是遊戲就結束，而是下一個人要去當鬼。於是，當鬼反而是件苦差事，因爲捉人沒有樂趣，恨不得趕快找人來替代。所以遊戲不能沒有鬼，不然這個遊戲就不好玩了。

在史坦恩的「雞皮疙瘩系列」中，這些鬼所扮演的角色也是類似遊戲中的鬼，給我帶來閱讀與想像的刺激。各位讀者如果留意一下，會發現在他的小說中，都有一個類似的現象，就是結局往往不是一個對抗式的終局，一種善惡誓不兩立，以消滅魔鬼爲最終目標的故事——這比較是屬於成人恐怖片的模式，不是你死，就是人類全部變殭屍。但「雞皮疙瘩系列」中，你的雞皮疙瘩起來了，可是結尾的時候，鬼並不是死了，而是類似遊戲一樣，這些鬼換了另一種角色，而且有下一場遊戲又要繼續開始的感覺。

礙於閱讀的樂趣，我無法在此對故事結局說太多，但各位看完小說時，可以再回想我在這裡說的，就知道，「雞皮疙瘩系列」跟遊戲之間，的確有類似性。換另一個角度來看，這些主角大多為青少年，他們在生活中碰到的問題，如搬家面對新環境、男生女生的尷尬期、霸凌、友誼等，都在故事過程一一碰觸。

「雞皮疙瘩系列」令人愛不釋手的原因，也在於表面上好像主角是鬼，但讀到一半，你會感覺到，故事的重點不知不覺地從這些鬼怪轉移到那些被追的青少年身上，鬼可不可怕不是重點，重點是被追的過程中，一些青少年生活中的苦悶，也被突顯放大，甚至在故事中被解決了。所以你會在某種程度感受到，這本書的內容是在講你，在講你的生活，在講你的世界，鬼的出現，只是把這些青春期的事件給激化了。

另一個有趣的現象，是從日常生活轉入魔幻世界的關鍵點，往往發生在父母不在身邊，然後主角闖入不熟識空間的時候——比如《魔血》是主角暫住到姑婆家、《吸血鬼的鬼氣》是闖入地下室的祕道、《我的新家是鬼屋》是新家的詭異房間……等等。

因爲誤闖這些空間，奇怪的靈異事件開始打斷平凡無趣的日常軌道，一段冒險展開了，一場你追我跑的遊戲開始進行，而父母們往往對此毫無所悉，不知道自己的兒女在故事結束時，已經有所變化，變得更負責任，更勇敢。

「雞皮疙瘩系列」的意義，也在這個地方。在平凡無奇充滿壓力的青春期校園生活中，有那麼多不快樂、有那麼多鬼怪現象在生活中困擾著我們，但這無法跟家長說，因爲他們不能理解，他們看不到我們看到的。但透過閱讀，透過想像力所引發的鬼捉人遊戲，這些不滿被發洩，這些被學校所壓抑的精力被釋放了。

幸好有這些鬼怪的陪伴，日子不再那麼無聊，世界可以靠自己的力量改變。

終究，在青少年的世界裡，鬼怪並不是那麼可怕，在史坦恩的小說中，也往往會有主角最後拯救了這些鬼怪的情形，彷彿他們不是惡鬼，而比較像誤闖人類世界的外星人……這也是青少年的焦慮，他們正準備降臨成人世界，這件事讓他們起了雞皮疙瘩！！

這句英文怎麼說

從小到大，我一直夢想能看到雪。
All my life, I've wanted to see snow.

1.

從小到大，我一直夢想能看到雪。

我叫做喬丹．布雷克，在我十二年的生命中，所接觸到的只有陽光、沙塵，還有游泳池裡的氯。我從來不知道什麼叫做冷，從來不曾——除非開了空調的超級市場也算。

但我是不會把這算進去的，畢竟超級市場裡可不會下雪。

我從來不曾感覺到什麼叫「冷」——直到那次的冒險。

我住在加州的帕薩迪納市，有人覺得我很幸運，因爲這裡總是溫暖而陽光普照。我想，這裡是還不錯啦！但我從來沒有看過雪，它對我來說，彷彿是科幻電影中才會出現的東西。

從天而降的白色絨毛狀冰凍水滴？它會堆積在地面上，你可以用它來建造城堡、雪人，還有雪球？你得承認這聽起來很詭異。

然而有一天，我的願望實現了。

我終於看到了雪，而且它比我想像中還要詭異。

太詭異了……

「注意看，孩子們，這些照片洗出來會很棒的。」

爸爸的臉在暗房的紅燈下發著光，我和妹妹——妮可，正在看他沖洗照片。

爸爸手裡捏著夾子，把一張相紙浸入化學浸液裡。

爸爸是位職業攝影師，我從小就經常看他沖洗照片，卻從未見他如此興奮、喜形於色。

爸爸專拍自然生態的照片。嗯……事實上，他幾乎什麼都拍，而且一天到晚都在拍照。媽媽曾說，當我還是個嬰兒時，有一次看見爸爸便尖叫起來，因爲那時他沒有把照相機舉在面前，所以我就認不出他來了。我本來還以爲伸縮鏡頭

這句英文怎麼說

有時候，我真希望她從未被生下來。
Sometimes I wish she'd never been born.

就是他的鼻子咧！

我們家裡到處都是我的照片——有我包著寬鬆尿布的嬰兒照、臉上沾滿食物的照片、擦破膝蓋大哭的照片，還有我打妹妹的照片……眞是糗斃了！

還是言歸正傳吧！我爸爸剛從大坦頓山區回來，那是懷俄明州的一處山脈——洛磯山脈的一部分。他正爲自己在那兒拍攝的照片興奮不已。

「我眞希望你們也能看到那些熊，」爸爸說，「一支熊的家族，而且那些小熊讓我想起你們兩個——總是在互相嬉鬧。」

嬉鬧？哈！爸爸以爲妮可和我是在互相嬉鬧？那眞是說得太客氣了。妮可——這位萬事通小姐——簡直快把我給搞瘋了！

有時候，我眞希望她從未被生下來，而我也不遺餘力的要讓她產生這樣的感覺——我的意思是，我努力要讓她希望自己從來不曾降臨在這個世上。

「你該帶我們一起到大坦頓山的，爸爸！」我抱怨道。

「這時候的懷俄明州可是很冷的。」妮可說。

「妳又知道了，萬事通？」我用手肘頂頂她的肋骨。「妳又沒去過懷俄明州。」

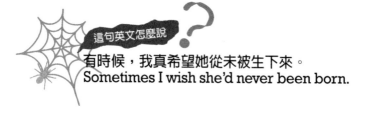

「是我在爸爸出門的時候找書來讀的。」她解釋道：「如果你想要知道更多，喬丹，圖書館裡有一本關於這個主題的圖畫書，那本書很適合你——是給一年級生看的。」

我一時想不出任何話可以回嘴。這就是我的弱點，我的反應太慢了，沒辦法機智的反駁。於是我又頂了她一下。

「嘿、嘿！」爸爸低聲說：「不要推來推去，我正在工作呢！」

哼！笨妮可！我不是說她眞的笨啦——她的頭腦非常好，但是卻很呆——至少我是這麼認爲。其實，妮可的頭腦好到可以跳過五年級，直升到我們班上就讀。她比我小一歲，卻跟我念同班，而且她每一科都得「甲」。

爸爸的照片漂浮在化學浸液中，慢慢變得清晰起來。

「爸爸，你在山裡的時候有下雪嗎？」我問道。

「當然，下雪了。」爸爸一面回答，一面專心工作著。

「你有去滑雪嗎？」我又問。

「我得忙著工作。」爸爸搖了搖頭。

這句英文怎麼說

你有去滑雪嗎？
Did you go skiing?

「那你有溜冰嗎？」妮可問。

妮可裝得好像什麼都知道，但其實她跟我一樣，從來沒見過雪的模樣。我們從未離開過南加州——而你只要看見我們就能明白這一點。

我們兩個一年到頭都曬得黑黑的，妮可的頭髮是金色的，被社區游泳池裡的氯染得微微發綠，而我的髮色則是褐中帶金。我們都是游泳校隊。

「我打賭媽媽那裡現在一定正在下雪。」妮可說。

「可能吧！」爸爸回答。

媽媽和爸爸離婚了。媽媽剛剛搬到賓州，我們夏天會去跟她住。不過我們會跟爸爸住在加州，直到這個學年結束。

媽媽寄給我們一些她新家的照片，房子被雪覆蓋著。我盯著那些照片，試著想像「冷」是種什麼樣的感覺。

「我真希望你不在的時候，我們可以住到媽媽那兒。」我說。

「喬丹，我們已經討論過了，」爸爸的聲音聽起來有些不耐煩。「等你媽媽安頓好了，你們就可以去看她。她現在連家具都還沒買好呢！你們要睡在哪兒呢？」

「我寧可睡地板，也不要聽巫婆太太在沙發上打鼾。」我抱怨道。

巫婆太太在爸爸出遠門時負責照顧我和妮可，她眞是個噩夢！每天早上我們都得清理房間——她眞的會來檢查灰塵有沒有清乾淨。每天晚上，她都給我們吃肝臟、球芽甘藍、魚頭湯，還有一大杯豆漿。

「她不叫巫婆太太，」妮可更正我，「是希金斯太太。」

「我知道，雞婆。」我回嘴道。

在暗房的紅色燈光下，照片變得越來越清晰，我聽得出來爸爸的聲音裡透著興奮。

「如果這些照片拍得很好，我就可以把它們集結出書，」他高興的說，「書名就叫做《葛瑞森．布雷克鏡頭下的懷俄明棕熊》，很好，聽起來很不錯。」

他把一張照片從浸液中夾起來，目不轉睛的瞧著，照片上還不停滴著水滴。

「眞是奇怪……」他喃喃說著。

「什麼東西奇怪？」妮可問道。

他不發一言，把照片放下，我和妮可都往它看去。

「爸爸——」妮可說，「我不想說破，但是這看起來像隻泰迪熊。」

那的確是一張泰迪熊的照片——一隻歪著嘴微笑的褐色填充玩具熊坐在草地上，並不是大坦頓山區慣常出沒的那種動物。

「一定是出了什麼差錯……」爸爸說：「等其他的照片洗出來再說。你們會看見的，這些照片很棒。」

他又夾起另一張照片，仔細端詳著。

「咦？」

我搶過那張照片，不料上面又是一隻泰迪熊。

爸爸又拿起第三張照片，接著是第四張……他的動作越來越快。

「又是泰迪熊！」他大聲喊道，簡直快抓狂了。即使是在暗房裡，我也可以看出他臉上驚恐的神色。

「這到底是怎麼回事？」他大喊著，「我拍的照片到哪兒去了？」

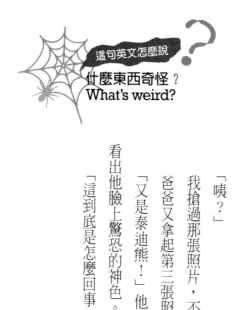

2.

「爸爸……」妮可開口了，「你確定你看見的——是真的熊嗎？」

「當然確定！」爸爸對她大吼。「我能分辨棕熊和泰迪熊之間的不同！」

他開始在暗房裡來回踱步。

「是我把底片搞丟了？」他低聲說道，一隻手抓著頭。「會是被什麼人掉了包嗎？」

「邪門的地方是你拍的是熊，」妮可說道，「而照片洗出來卻是泰迪熊，真的好奇怪。」

爸爸激動的用手敲著工作檯，不停喃喃自語著，眼看就快要失去理智了。

「我會不會把底片掉在飛機上了？還是拿錯別人的手提行李？」

這句英文怎麼說

這件事跟我完全無關。
I had nothing to do with it.

我轉過身來背對著爸爸，肩膀抖動不已。

「喬丹？怎麼啦？」爸爸捉住我的肩膀問：「你沒事吧？」

接著他把我轉過去面對他。

「喬丹！」爸爸喊道：「你是——在笑！」

妮可叉起雙臂，瞇眼瞪著我看。

「你在搞什麼鬼啊？」

我用力喘氣，想要止住笑意。

「別擔心，爸爸，你的照片沒事。」

他把一張泰迪熊的照片揮到我面前，高聲說：「沒事？你說這叫沒事？」

「你去懷俄明之前，我借用了你的照相機，」我繼續解釋：「我用它給我的舊泰迪熊拍了幾張照片，跟你開開玩笑。其餘的底片應該都是拍到眞熊了。」

我就是忍不住要來點惡作劇。

「這件事跟我完全無關，爸爸，我發誓。」妮可趕緊撇清。

好個乖乖牌小姐！

「是個玩笑？」

爸爸搖了搖頭，又轉身去洗了幾張照片。結果下一張照片是一隻眞的小熊在溪流裡抓魚，爸爸看著便笑了。

「你知道嗎？」他說著把那張眞熊的照片擺在一張泰迪熊照片旁邊。「它們看起來其實差不了多少。」

我知道爸爸不會一直生氣，他從來不會——這就是我爲什麼喜歡跟他開玩笑。而且，他自己也很喜歡惡作劇。

「我跟你們說過我對喬・莫瑞森開的那個玩笑嗎？」喬・莫瑞森是爸爸的一位攝影師朋友。

「喬那時剛從非洲回來，他花了好幾個月在那兒拍攝大猩猩，並對自己拍的那些大猩猩照片興奮得不得了。我看過那些照片，眞的很棒。

「喬跟一家自然雜誌社的編輯訂了一個重要約會，他要給那位編輯看他的照片，而且有把握那家雜誌社一定會立刻搶下那些照片。

「但喬不知道的是，我跟那位編輯是大學同學。我打了通電話給她，要她幫

這句英文怎麼說

喬差點當場精神崩潰。
Joe practically had a nervous breakdown.

我跟喬開個小玩笑。

「當喬去見她時，他給編輯看了那些照片。她看著照片，一句話也不說……「最後喬再也無法忍受這種懸疑的氣氛，他衝口說道：『怎麼？妳到底喜不喜歡這些照片？』喬是個很沒耐性的傢伙。」

「那她怎麼說？」我問。

「她皺皺眉，說道：『莫瑞森先生，你是位很優秀的攝影師，但我怕你是給人家愚弄了，你拍的這些動物根本就不是大猩猩。』

「喬的下巴險些掉了下來，他說：『妳是什麼意思，牠們不是大猩猩？』

「她一本正經的說：『牠們是人穿著大猩猩服裝假扮的。難道你不能分辨眞的大猩猩和穿著大猩猩服裝的人嗎？莫瑞森先生。』」

我咯咯笑了起來。

「後來呢？」妮可問道。

「喬差點當場精神崩潰。他抓起照片，盯著它們直瞧，並喊道：『我不相信！這怎麼可能？我竟花了六個月的時間研究人扮的假猩猩？』

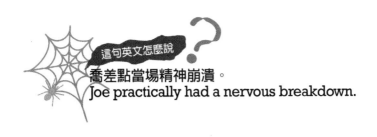

「最後那位編輯終於忍不住笑了出來，告訴他這只是個玩笑，而且她非常喜歡這些照片，希望能刊登在雜誌上。喬起先還不敢相信——她花了十五分鐘才讓喬平靜下來。」

爸爸和我都哈哈大笑。

「我覺得這眞的很差勁，爸爸。」妮可責備道。

我從爸爸那兒遺傳到愛開玩笑的個性，妮可則像媽媽——她比較實際。

「當喬從驚嚇中恢復過來，也覺得很好笑。」爸爸向她保證：「他對我開的玩笑可不比我少呢！相信我。」

爸爸在化學浸液中攪動著另一張照片，然後用夾子夾了起來，上面是兩隻小熊在扭打，他滿意的笑了。

「這捲底片成果不錯，但我還有好多工作要做，孩子們，到外頭去一會兒好嗎？」他關上紅燈，扭開普通燈光。妮可則打開門。

「不過別把衣服弄髒了，」爸爸叮囑道。「我們今晚要出去吃飯，慶祝我拍到這些棕熊的好運氣。」

這句英文怎麼說

我可不敢保證。
Speak for yourself.

「我們會小心的。」妮可答應道。

「我可不敢保證。」

「我是說眞的，喬丹。」爸爸警告我。

「開玩笑的啦，爸爸。」

當我們打開暗房的門，一陣熱浪迎面襲來。妮可和我來到後院，在午後的陽光下眨著眼睛。每次出了暗房，我的眼睛總得花上好長一段時間才能適應。

「你想做什麼？」妮可問道。

「不曉得。天氣好熱，熱得教人什麼也不能做。」

妮可閉上眼睛，發呆了一會兒。

「妮可？」我用手肘輕輕推了推她。「妮可，妳在做什麼？」

「我在想像爸爸在大坦頓山拍到的雪，或許它會讓我覺得涼快一些。」

她閉著眼睛，一動也不動的站著，一顆汗珠從她的額頭上滴落下來。

「怎麼樣？」我問道，「有用嗎？」

她張開眼睛搖搖頭。

「沒用。如果我從來沒有摸過雪，又怎麼能想像出它們的模樣呢？」

「說的也是。」我嘆了一口氣，往四周張望。

我們住在帕薩迪納市郊的一處住宅區，這附近的房屋只有三種樣式，方圓數哩之內，都只有這三種相同的樣式不斷重複著。

這裡看起來好單調，不知怎的，我總覺得甚至比實際溫度更熱了。每條街上都種著幾棵棕櫚樹，根本無法提供足夠的樹蔭。

我們家對街有一塊空地，隔壁就是米勒家。我們後院——或許是這整條街——最引人注目的東西，就是爸爸那堆噁心的肥料堆了。

我瞇著眼睛，繼續環顧四周。每樣東西似乎都被陽光漂白了，就連草地看起來都是白色的。

「我好無聊，好想尖叫。」我抱怨道。

「我們去騎車吧！」妮可提議，「也許吹吹風會讓我們涼快一點。」

「洛琳或許會想跟我們一起去。」我說。

洛琳．謝克斯住在我們隔壁，她在學校跟我們同班。我一天到晚見到她，簡

這句英文怎麼說

我們去騎車吧！
Let's ride our bikes!

直就像我妹妹一樣。

我們從車庫牽出腳踏車，推著車子走到洛琳家；把車子停靠在她家牆邊後，再繞到後院，看見洛琳墊著毛巾，坐在後院一棵棕櫚樹下。

妮可過去跟洛琳一塊坐在毛巾上，我則斜倚著樹站著。

「好熱喲！」洛琳一邊嘀咕著，一邊拉拉身上的黃色運動短褲。她很高，肌肉結實，留著長長的棕髮和瀏海；而且她說話帶著鼻音，倒是很適合抱怨。

「現在應該是冬天，其他地方也正值冬季……正常的冬天應該有冰有雪，還有冰冷的雨和寒冷的空氣，我們這兒除了太陽還是太陽！爲什麼我們得忍受這種燥熱天氣呢？」

突然間，我感到背上一陣刺痛。

「哇！」我往前猛的一縮。

什麼東西刺中我？是某種尖銳的東西——而且冷得像冰！

我的臉頓時痛得扭曲起來。

「喬丹！」妮可抽了一口氣，問道：「你怎……怎麼了？」

3.

我用手去摸背上那塊冰涼的地方。

「這是什麼？」我喊道：「好冰喔！」

妮可跳起身來檢查我的背後。

「喬丹，你被一根紫色的棒棒冰擊中了！」她說。

我轉過身，聽見一陣卑劣的笑聲，只見米勒家的雙胞胎從樹後跳了出來。

我早該知道是他們。

米勒家的雙胞胎——凱爾和卡拉，那兩隻一模一樣的獅子鼻，彈珠般的小眼睛，還有剪得短短的紅髮……這兩個討厭的傢伙，手上還拿著兩把一模一樣的紅色水槍。

這句英文怎麼說

米勒家的雙胞胎最愛惡作劇了。
The miller twins love practical jokes.

米勒家的雙胞胎最愛惡作劇了。而且他們比我還嚴重，開的玩笑程度也惡劣許多。

這附近每個人都怕他們，他們會攻擊在巴士站等車的小孩，搶走他們的午餐錢，還曾經在謝克斯家的信箱裡頭放臭彈。

去年，凱爾還曾在一場籃球比賽中偷襲我一拳，他覺得看我臉色發青是一件很有趣的事。

不知道爲什麼，他們似乎特別喜歡找我的麻煩。

卡拉跟她哥哥凱爾一樣可怕。儘管我很不願意承認，但卡拉眞的一拳就可以打倒我，這是我的親身經歷——去年夏天，她就曾經賞我一個黑眼圈。

「噢，好熱！好熱哦！」卡拉模仿洛琳抱怨的聲音，輕蔑的嘲笑她。

凱爾在背後把水槍從一隻手拋到另一隻手上，努力讓它看起來像是個高難度的酷炫動作。

「這是阿諾教我的。」他吹噓道。

凱爾想讓我以爲他是在說阿諾．史瓦辛格。他號稱自己認識阿諾，但我不太相信。

妮可拉拉我襯衫的背後，說：「爸爸會宰了你的，喬丹。」

「怎麼啦？」

我伸長脖子往後看，只見白色 polo 衫的背後已經被染成一片深紫色。

「噢，糟了！」我低聲咕噥。

「爸爸叫我們別把衣服弄髒。」妮可提醒我，好像我就需要她提醒似的。

「別擔心，喬丹，」凱爾說，「我們會幫你弄乾淨的。」

「啊——不用了。」我喃喃說著，往後退了幾步。不論凱爾說的「弄乾淨」指的是什麼，我知道一定不會是好事。

而且我猜得沒錯——他和卡拉舉起水槍，直接往妮可、洛琳和我的身上射過來。

「住手！」洛琳尖叫道：「你們把我們全身都弄濕了！」

凱爾和卡拉卻狂笑不已。

「是妳自己說很熱的啊！」

這句英文怎麼說

你們渾身都濕透了。
You're all wet.

兩人把我們噴得濕淋淋的。我的 polo 衫濕得簡直可以擰出一整杯水來，我不禁怒目瞪著他們倆。

凱爾聳聳肩說：「我們只是想幫你的忙。」

是喔！還眞是幫了個大忙哪！

我應該感謝他們僅只是弄濕我們，畢竟這還不算什麼。

但我實在無法容忍米勒家這對雙胞胎，妮可和洛琳也是。他們自以爲很酷，只因爲他們十三歲，而且他們家後院有游泳池。

這對雙胞胎的爸爸在電影製片廠工作，兩人老是吹牛說他們常常去看試片，而且認識很多電影明星。

可是我從來沒見過半個電影明星出現在他們家，一次也沒有！

「哇，你們渾身都濕透了。」卡拉譏笑著說：「你們何不去騎騎車，把自己吹乾呢？」

妮可和我互瞧一眼。當我們單獨在一起的時候，相處得並不算融洽。但是在面對米勒雙胞胎時，我們得團結在一塊兒。

我們太了解米勒雙胞胎了，他們不會無緣無故提到我們的腳踏車的，一定是基於什麼原因——而且是不妙的原因。

「你們把我們的腳踏車怎麼了？」妮可質問道。

米勒雙胞胎張大眼睛，裝出一臉無辜的樣子。

「誰——我們？我們沒把你們的寶貝腳踏車怎麼樣呀！不信自己去看看。」

妮可和我朝洛琳家旁邊、我們停放腳踏車的地方望去。

「從這兒看起來似乎還好。」妮可低聲說。

「有什麼地方不太對勁，」我說，「看起來有點怪……」

我們走近腳踏車，它們看起來確實很怪——把手的螺絲被轉鬆了，扭成朝後的方向。

「希望你們有倒車檔。」卡拉竊笑道。

我通常不是那種會主動跟人打架的人，但這會兒我的神經斷線了。凱爾和卡拉這回做得太過分了。

我氣憤的撲向凱爾，和他滾倒在地上，扭打起來。我想用膝蓋把他壓在地上，

這句英文怎麼說

希望你們有倒車檔。
Hope you have reverse gear.

他卻把我推到一邊。

「住手！」妮可尖聲叫道：「住手！」

凱爾把我翻過身來，仰躺在地上。

「你以爲你可以打倒我，喬丹？你太膿包啦！」

我拚命踢他，他用一隻膝蓋把我的肩膀壓在地上。

妮可突然歇斯底里的大叫出聲：「喬丹，小心！」

我往上一看，卡拉正站在我的上方，手裡抓著一塊像她腦袋一樣大的石頭，臉上閃過一抹獰笑。

「砸下去，卡拉！」凱爾指揮著。

我使勁想要滾到一旁，卻始終無法動彈。凱爾把我壓得死死的。

卡拉舉起石塊，接著鬆開手，石塊直直往我頭上砸下來——

4.

我緊緊閉上雙眼。那塊石頭一落在我的額頭上，便彈了開來。

我睜開眼睛，只見卡拉笑得像頭土狼似的。她拿起那塊石頭，又往我臉上丟來，結果石頭又彈開來，像上次一樣。

洛琳抓起那塊石頭。

「是海綿做的，」她用手捏捏石塊，繼續說：「這是假的。」

凱爾霎時大笑起來。

「那是拍電影的道具啦！笨蛋。」

「你眞該看看自己的表情。」卡拉說：「眞是個膽小鬼！」

我掙脫了凱爾，再次向他撲去。這次我氣極了，力氣有兩個凱爾那麼大。我

把他翻倒在地，緊緊壓住他。

「怎麼回事？孩子們……」

哦——哦！是爸爸。

我隨即跳起身來。

「嗨，爸爸，我們只是在開玩笑。」

凱爾跟著坐了起來，揉著他的手肘。

爸爸似乎沒注意到我們在打架，他正爲某事而興奮著。

「聽著，孩子們——我有個天大的好消息。《荒野》雜誌剛剛打電話來，他們要派我到阿拉斯加！」

「太好了，爸爸，」我挖苦的說，「你又會有一次刺激的旅行，而我們則要待在這兒無聊而死。」

「還會熱死。」妮可也加上一句。

爸爸笑了。他開口說：「我剛才打過電話給希金斯太太，看她能不能再來照顧你們——」

這句英文怎麼說？

真是個膽小鬼！
What a chicken!

「別又是希金斯太太！」我喊道：「爸爸，她好恐怖！我無法忍受她煮的東西。如果她來照顧我們，我一定會餓死的！」

「你不會的，喬丹。」妮可說，「即使只吃麵包和水，你也可以存活一個禮拜。」

「妮可，喬丹……哈囉！」爸爸說著在我們頭上輕輕敲了幾下。「你們聽我說好嗎？我話都還沒說完呢！」

「抱歉，爸爸。」

「結果希金斯太太不能來，所以我想你們兩個只好跟我一起去了。」

「去阿拉斯加？」我喊道，簡直興奮得不敢相信。

「好耶！」妮可歡呼道。

我們高興得在原地跳上跳下。

「你們眞幸運！」洛琳說。

卡拉和凱爾則站在一旁，不發一語。

「我們要去阿拉斯加！」我瘋狂的喊道：「我們可以看見雪了！一大堆雪！

這句英文怎麼說

你們真幸運！
You guys are so lucky!

阿拉斯加的雪！」

我興奮極了，然而爸爸甚至還沒告訴我們最有趣的部分呢！

「這是一項奇特的任務，」爸爸繼續說：「他們要我去追蹤某種雪地生物——雪怪。」

「哇啊！」我倒抽了一口氣。

凱爾和卡拉輕蔑的哼了一聲。

妮可搖搖頭說：「雪怪？真的有人見過雪怪嗎？」

爸爸點點頭。「有人發現某種雪地生物，天曉得那是什麼。不管牠是什麼，這家雜誌社要我去拍些照片來，但我確定最後一定是白忙一場，世界上根本就沒有雪怪這種東西。」

「那你爲什麼要去？」妮可問道。

我用手肘頂頂她的胸口。「誰在乎呀？我們要去阿拉斯加了耶！」

「雜誌社願意付很高的酬勞，」爸爸解釋道：「而且就算我們找不到雪怪，我還是可以在凍原上拍些很棒的照片。」

「什麼是凍原？」洛琳問道。

爸爸正要回答，妮可卻搶先站出來插嘴道：「這個讓我來，爸爸。」

我簡直想要大聲尖叫，她在學校裡也老是這麼自以爲是。

「所謂『凍原』是指結冰的廣大平原，在北極、阿拉斯加，還有俄國都有。『凍原』這個字來自俄文，意思是——」

我趕緊伸手摀住她的大嘴巴。

「還有什麼問題嗎？洛琳。」

洛琳搖搖頭。

「我只需要知道這些。」

「如果不阻止她，這書呆子會講個沒完沒了。」我放開妮可的嘴巴，她對我吐吐舌頭。

「這趟旅行一定會很棒的，」我高興的喊著，「我們會親眼看到眞的冰雪！我們要去捕捉雪怪！太棒了！」

一小時之前我們還無聊得要抓狂，現在突然一切都改變了。

這句英文怎麼說

真是天大的笑話！
What a joke!

爸爸笑了笑。「我得再回暗房一會兒。」他穿過草坪慢慢走回屋子裡。

爸爸才剛走開，卡拉便大笑了起來。

「雪怪！真是天大的笑話！」

這就是卡拉——爸爸在場的時候，她可沒種說半個字。

凱爾則模仿我來取笑，他不斷跳上跳下，尖聲叫道：「阿拉斯加！阿拉斯加！我可以看見雪了！」

「你們兩個可能會凍僵，凍得臉色發青。」卡拉譏諷的說。

「我們會沒事的，」妮可說，「要凍僵的是妳！」

說完，她搶過卡拉的水槍，朝她臉上射了一灘水。

「住手！」凱爾大喊，往妮可撲去。

妮可笑著跑開，每跑幾步便回過頭來射他們幾槍。

「還給我！」卡拉喊道。

米勒雙胞胎追趕著妮可，凱爾舉起水槍，往妮可背上發射一記，洛琳和我則跟在後面跑。妮可跑進我家後院，她轉過身來，又朝米勒雙胞胎噴射了幾槍。

「你們抓不到我的！」她喊道，一邊倒退著，一邊發射水槍。

但妮可正朝著爸爸的肥料堆退過去。

我該警告她嗎？

才不！

「接招！」她喊了一聲，用水槍掃射米勒雙胞胎，接著腳下一滑，身體往後倒去——正好跌進肥料堆裡。

「好噁哦！」洛琳呻吟道。

妮可慢慢站起身來，棕綠色的黏液滲進她的頭髮裡，沿著背後、手臂和大腿流淌下來。

「哎呀！」她尖叫著，發瘋似的甩著手上的爛泥。「呃——呸！」

我們全都站在那兒，目不轉睛的瞪著她。

她全身都裹著爛泥，看起來倒像是個噁心的雪怪。

當爸爸從後門探頭出來時，我們仍呆呆的瞪著她。爸爸出聲喊道：「孩子們，你們準備好要出門吃晚飯了嗎？」

這句英文怎麼說

接招！
Take that!

5.

「我們到了！」爸爸的叫喊掩蓋過小飛機引擎的轟隆聲。「伊克內克，那兒就是臨時機場了。」

我向窗外望去，凝視著我們即將降落的那一小塊褐色地面。在過去半個小時內，除了一望無際的白雪之外，我們什麼也看不見。

哇——那雪可眞是白得刺眼！

白雪在陽光下閃閃發光的畫面眞是酷斃了，讓我想起聖誕頌歌——「冬季奇境」的旋律一直在我腦海裡盤旋不去——眞是教人抓狂！

我注視著地面，看看能不能發現巨大的腳印。

雪怪的腳印會有多大呢？

有沒有大到在低空飛行的飛機上都能看見？

「我希望這兒有餐廳。」妮可說，「我好餓哦！」

爸爸拍拍她的肩膀。「我們會在出發前吃頓豐盛的熱食，但是接下來就只有野營的食物了。」

「要怎麼在雪地裡生火呢？」妮可問。

「我們會住在一間小屋裡，」爸爸回答，「那是在凍原很裡頭的地方，但總比睡帳篷好。小屋裡應該會有個火爐，但願有……」

「我們不能建造一棟冰屋來住嗎？」我問道。「或是鑿一個冰洞？」

「建造冰屋可不是那麼簡單的，喬丹，」妮可擺出一副教訓人的姿態。「那可不像是堆個雪堡或什麼的，對不對？爸爸。」

爸爸摘下照相機鏡頭上的蓋子，透過飛機的窗戶拍了起來。

「當然，」他心不在焉的說著，「嗯——哼。」

妮可也轉向窗戶。我在她背後模仿她，無聲說著：「建造冰屋可不是那麼簡單的！」

這句英文怎麼說

我希望這兒有餐廳。
I hope there's a restaurant down here.

她自以爲是我的老師還是什麼的，總是在學校裡的每個人面前這樣做，眞是糗死人了！

「我們要怎麼找到那間小屋呢？」妮可又問。「在這一整片雪地裡，所有東西看起來都一模一樣！」

爸爸轉過身來，對著她拍了一張照片。

「妳剛剛說了什麼？妮可。」

「我是在想，我們要怎麼找到那間小屋，」妮可重複一遍。「你會使用羅盤嗎？爸爸。」

「羅盤？我不會。不過沒關係，有個叫做亞瑟．麥斯威爾的人會在機場跟我們碰頭，他是我們穿越凍原的嚮導。」

「我認識亞瑟，」小飛機的駕駛員回過頭來對我們大聲說道：「他是個駕駛雪橇的老手，對於雪橇和拉橇的馴狗可說是無所不知。我猜他比任何人都熟悉阿拉斯加的這塊區域。」

「也許他曾經見過雪怪哩！」我說。

「你怎麼知道世上眞的有這種東西？」妮可譏笑我。「我們還沒看到任何雪怪的蹤跡呢！」

「妮可，有人曾經親眼看見過雪怪。」我說，「再說，如果世上沒有那種東西，那我們幹嘛到這兒來？」

「有人『說』他們見過雪怪，或者他們自以爲見到了雪怪，如果沒有更多的證據，我是不會相信的。」妮可似乎頗不以爲然。

飛機在小鎮上空盤旋，我玩弄著身上新雪衣的拉鍊。幾分鐘前我還覺得很餓，但是現在因爲太興奮，已經忘記吃東西這回事了。

下面眞的有雪怪……我知道有的。

雖然飛機的暖氣噴出一陣陣熱風，我還是忍不住打了個寒顫。

要是我們發現雪怪會怎樣？會發生什麼事？

如果雪怪不喜歡被拍，那該怎麼辦？

現在飛機飛得很低，準備著陸了。

飛機輕輕碰的一聲降落到地面，沿著跑道滑行。駕駛員拉下煞車時，飛機搖

這句英文怎麼說

某個巨大的東西隱隱浮現在跑道末端。
Something big loomed at the end of the runway.

晃了一下。

某個巨大的東西隱隱浮現在跑道末端——一個巨大的白色怪物。

「爸爸，快看！」我喊道：「我看見了！我看見雪怪了！」

6.

飛機發出吱的一聲，正好停在那個巨大怪物前面。

爸爸、妮可和駕駛員全都笑了起來——是在笑我。

眞討厭！

但我不能怪他們，那個白色的大怪物原來是隻北極熊——北極熊的雕像。

「北極熊是這個小鎮的象徵。」駕駛員解釋道。

「噢！」我低聲咕噥。我知道自己臉紅了，連忙別過頭去。

「喬丹知道的，」爸爸說，「他只是在開玩笑罷了。」

「啊——是呀！」我順著爸爸的話說。「我早就知道那是個雕像。」

「你才不知道呢！喬丹，你剛才眞的嚇壞了……」妮可就是不肯放過我。

這句英文怎麼說

北極熊是這個小鎮的象徵。
The polar bear is the symbol of the town.

我在妮可手臂上捶了一拳。「才不呢！我只是在開玩笑。」

爸爸伸出手臂，一手攬住我們一個，對駕駛員說：「他們兩個這樣打打鬧鬧眞有趣，是不是？」

「你說是就是。」駕駛員回答。

我們跳下飛機，駕駛員打開行李艙，妮可和我連忙拉出我們的背包。

爸爸帶了一個巨大的密閉箱子，裡面裝了底片、照相機、食物、睡袋，還有其他的補給品。

駕駛員幫他把箱子抬下飛機。那箱子好大，大到爸爸可以整個人躺進去。簡直就像個紅色的塑膠棺材。

伊克內克機場就像是間小小的木屋，裡頭只有兩個房間，兩位穿著皮夾克的駕駛員正坐在桌邊玩牌。

一位高大結實的男人站起身來，走過屋子向我們打招呼。他有著深色的頭髮、濃密的鬍鬚，還有皮革般粗糙的皮膚；敞開的毛皮外套下穿著一件法蘭絨襯衫，還有鹿皮做的長褲。

這一定是我們的嚮導了。

「是布雷克先生嗎？」他對爸爸說，聲音低沉而粗啞。「我是亞瑟．麥斯威爾。需要幫忙嗎？」說著從駕駛員手中接過箱子的一端。

「這箱子可眞大啊！」亞瑟說。「你眞的需要這麼多東西嗎？」

爸爸的臉紅了。

「我得帶很多照相機、三腳架，還有其他東西……嗯，也許我帶太多東西了。」

亞瑟對著我和妮可皺了皺眉。

「我想是的。」

「叫我蓋瑞，」爸爸說，「這是我的小孩，喬丹和妮可。」並對著我們點點頭。

「嗨！」妮可說。

「很高興認識你。」我加上一句。在必要的時候，我也是很有禮貌的。

亞瑟盯著我們，悶哼一聲。

「你沒說會帶小孩來。」他沉默了好一會兒，才對爸爸嘀咕道。

「我確定我有提過。」爸爸反駁道。

這句英文怎麼說

這一定是我們的嚮導了。
This must be our guide.

「我不記得。」亞瑟皺了皺眉。每個人都不發一語，靜靜的穿過機場的大門，走上那條泥濘的道路。

「我餓了。」我說，「我們到城裡去吃點東西吧！」

「這裡離城裡有多遠？亞瑟。」爸爸問。

「有多遠？」亞瑟重複爸爸的話。「這裡就是了。」

我詫異的環顧四周——這裡只有一條道路，起點是機場，終點是大約兩條街外的一堆積雪，兩旁散佈著幾間木造建築。

「這裡就是？」我喊道。

「這兒可不是帕薩迪納，」亞瑟臉色不悅的說，「但這兒是我們的家。」

他領著我們走過泥濘道路，來到一間叫做「貝蒂之家」的小餐館，說：「我猜你們都餓了。在我們出發之前，最好先吃頓熱飯。」

我們在靠窗的一張桌子旁坐下。妮可和我點了漢堡、薯條和可樂，爸爸和亞瑟則點了咖啡和燉牛肉。

「我準備了一架雪橇和四條狗，」亞瑟告訴我們，「狗兒可以拉你這口箱子和其他的補給品，我們則在雪橇旁邊步行。」

「聽起來很好。」爸爸回答。

「什麼！」我不禁抗議道：「我們要走路？走多遠？」

「大約十英里。」亞瑟回答。

「十英里！」我這輩子還沒走過這麼遠的路。「爲什麼我們得用走的？爲什麼不能搭直昇機或其他交通工具？」

「因爲我一路上要拍照，喬丹。」爸爸解釋著，「沿途的風景很壯觀，你永遠不知道會碰上什麼。」

也許我們會碰上雪怪，那一定酷斃了！

食物上桌後，我們全都靜靜的吃著。亞瑟從不直視我的眼睛，他不肯看我們任何一個人的眼睛，吃東西的時候也一直望著窗外。

外頭街上有一輛吉普車駛過。

「你曾經見過我們要找的雪地生物嗎？」爸爸問亞瑟。

亞瑟叉起一塊牛肉，放進嘴裡；他嚼著牛肉，嚼了又嚼。爸爸、妮可和我都

這句英文怎麼說

你曾經見過我們要找的雪地生物嗎？
Have you ever seen this snow creature we're looking for?

盯著他看，等他回答。

終於，他吞下牛肉。

「從來沒見過，不過曾經聽說過。有很多故事。」

我等著聽他說故事，但亞瑟只是繼續吃著東西。

「怎樣的故事？」我再也等不下去，性急的問道。

他用麵包沾了一些肉汁，把它塞進嘴裡，再嚼一嚼，吞下肚裡去。

「鎮上有兩、三個人曾經見過那怪物。」

「在哪裡看見的？」爸爸問。

「就在大雪嶺邊上，馴狗人小屋再過去一些，也就是我們要落腳的地方。」

「牠長什麼樣子？」我問。

「他們說牠體型很龐大，」亞瑟說，「身上長滿褐色的毛。你或許會以爲牠是一頭熊，但又不是。牠像人一樣是用兩條腿走路。」

我打了個冷顫。這雪怪聽起來，很像有一次我在恐怖電影裡看到的邪惡洞窟怪獸。

亞瑟搖了搖頭。

「就我個人而言，我希望我們永遠找不到牠。」

爸爸一聽，驚訝得張大嘴巴。

「但這是我們此行的目的呀！我的任務就是要找到雪怪——如果牠存在的話。」

「牠的確存在。」亞瑟聲稱，「我的一位朋友——也是位馴狗人——有一次在大風雪中外出，跟那雪怪撞個正著。」

「結果怎樣？」我問。

「你們不會想要知道的。」亞瑟又把一些麵包塞進嘴裡。

「我們當然想知道！」爸爸抗議道。

亞瑟摸摸他的鬍子，才說：「那怪物抓走他的一條狗，我朋友在後面追趕，想要把狗搶回來，卻追丟了。但是他能聽見狗叫的聲音，很悲慘的號叫……不知道那條狗發生了什麼事——總之，聽起來很慘。」

「牠也許是肉食性的，」妮可說，「以吃肉維生。這兒大部分的動物都是，

這句英文怎麼說

他們再也沒有回來。
They never came back.

很少有草食性的。」

我用手肘戳戳妮可。

「我要聽的是雪怪的故事——可不是妳愚蠢的自然知識。」

亞瑟惱怒的瞥了妮可一眼。我猜他是在想：她到底是打哪個行星來的？畢竟，我也常常這麼想。

他清清喉嚨，繼續說道：「我的朋友回到鎮上，和另一個傢伙一起去找那雪怪，想要抓住他。眞是蠢極了——如果你問我的話。」

「他們怎麼了？」我問。

「不知道。」亞瑟說，「他們再也沒有回來。」

「什麼？」我張口結舌的盯著這位高大的嚮導，用力吞著口水。

「對不起……你是說他們再也沒有回來？」

亞瑟嚴肅的點點頭。

「他們再也沒有回來。」

7.

「也許他們在凍原裡迷路了。」爸爸說。

「不太可能……」亞瑟接著說，「他們兩人對這一帶都很熟悉。是雪怪殺了他們，就是這樣。」

他停了下來，在另一塊麵包上塗奶油。

「閉上你的嘴巴，喬丹，」妮可說：「我不想看見你嚼了一半的薯條。」

我想自己是忘了把嘴巴閤上，於是閉上嘴，嚥下嘴裡的食物。

亞瑟似乎是個古怪的傢伙，但是他並沒有對我們說謊。他真的相信有雪怪！

「有其他人見過這個雪怪嗎？」妮可問他。

「有幾個從紐約電視公司來的人，他們聽說了我朋友的事，來到這兒調查。

這句英文怎麼說

我想叫你什麼隨我高興。
I'll call you what I please.

他們進入凍原，同樣再也沒回來。我們找到其中一個，凍死在一大塊冰裡。天曉得其他的人怎麼了。後來卡特太太——她就住在大街尾端——在幾天後親眼目睹那頭雪怪。」

亞瑟用他低沉的嗓音繼續說道：「她透過望遠鏡，看見雪怪在凍原裡，嘴裡還嚼著骨頭。如果你們不相信我，可以自個兒去問她。」

爸爸發出一聲怪響，我瞥了他一眼，他正在努力忍住笑。

但我不覺得有什麼好笑的，這雪怪聽起來滿恐怖的。

亞瑟怒目瞪了爸爸一眼，說：「如果你不相信就算了，布雷克先生。」

「叫我蓋瑞。」爸爸再次重申。

「我想叫你什麼隨我高興，布雷克先生。」亞瑟毫不客氣的說：「我對你們說的都是事實！這怪物眞的存在——而且牠殺人不眨眼。你們想要追蹤牠，是在冒極大的危險。沒有人抓到過牠，每個想要追蹤牠的人……全都一去不回。」

「我們願意碰碰運氣，」爸爸說，「在世界上其他許多地方，我都聽過類似的故事，關於叢林怪獸和深海妖怪等等，到目前爲止，這些故事沒有半個成眞過，我覺得雪怪也不會例外。」

我心裡有一部分眞的很想見識「雪怪」這種生物，但另一部分又希望爸爸是對的。只因爲想看看雪的樣子，應該罪不至死吧！

「好啦，」爸爸抹抹嘴，說道：「我們上路吧！大夥都準備好了嗎？」

「我好了。」妮可高聲說道。

「我也好了。」我回答，等不及要踏進雪地裡了。

亞瑟則一言不發。爸爸付了帳單，等著找零錢。

「爸爸，」我問，「要是眞的有雪怪怎麼辦？如果我們撞見牠會怎樣？我們該怎麼辦？」

他從外套口袋裡拿出一個小小黑黑的東西，解釋道：「這是無線電發報器，如果我們在野外遇到任何麻煩，我可以發無線電報給城裡的巡邏站，他們就會派直昇機來救援我們。」

「會有什麼樣的麻煩？爸爸。」妮可問。

「我確定不會有任何麻煩的，」爸爸向我們保證。「但是有備無患嘛，對不對？

這句英文怎麼說

我們很快就會知道了。
We would soon find out.

亞瑟。」

亞瑟咂了咂嘴，清清喉嚨，但是並沒有回答。我想他不太高興，因爲爸爸不相信他講的雪怪故事。

爸爸把無線電發報器放回外套口袋。他留了些小費給女侍，我們便走進阿拉斯加寒冷的空氣中，準備向冰凍的雪原出發了。

雪怪會不會正在某個地方等著我們呢？

我們很快就會知道了。

8.

啪嗒！正中紅心。

我用雪球砸中了妮可背包的正中央。

「爸爸！」妮可喊道：「喬丹用雪球打我！」

爸爸正把相機舉在眼前，跟往常一樣拍個不停。

「很好呀！妮可。」他心不在焉的說。

妮可翻翻白眼，一把扯掉我的滑雪帽，在裡頭裝滿了雪，再蓋在我的頭上。

雪粒從我臉上滾落下來，凍得我皮膚發痛。

起先我覺得雪眞是酷呆了，我可以用手把它捏成一團，做成雪球；可以倒在上面而不會摔痛；可以放在舌頭上，讓它融化成水。

這句英文怎麼說

萬一我們迷路？
In case we get lost?

但是我漸漸開始感到寒冷，腳趾和手指頭慢慢變得麻木。我們已經從鎮上走了兩英里，當我往回看時，已經看不見小鎮，眼中所見只有白雪和天空。距離小屋只剩下八英里了。

我一邊想著，一邊在手套裡扭動著手指。

還有八英里！好像永遠也走不完。在我們四周，除了雪還是雪——一英里又一英里的雪。

爸爸和亞瑟步履艱難的在狗拉的雪橇旁邊走著。亞瑟帶了四頭愛斯基摩犬——賓可、洛基、丁丁，還有妮可最喜歡的拉爾斯，牠們拉著一輛又長又窄的雪橇，上頭載運著爸爸的大箱子，還有其他補給品。

妮可和我各背了一個背包，裡頭裝滿緊急乾糧和其他補給品，爸爸說這是爲了以防萬一。

會有什麼「萬一」呢？

我納悶著。

萬一我們迷路？萬一狗拖著雪橇跑走了？萬一我們被雪怪抓住？

爸爸對著狗兒拍照，又拍了我們、亞瑟，還有無垠的白雪。

妮可向後躺倒在一個雪堆上。

「你們看——天使耶！」她興高采烈的揮著手喊道。

她跳起身來，我們湊近去看那個雪中的天使。

「酷！」我承認道，隨即也往後倒下，在雪堆裡印出一個「天使」。當妮可走近觀看時，我用一個雪球偷襲她。

「嘿！」她喊：「我會找你報仇的！」

我迅即跳起身來，一溜煙的跑開，深深的積雪在我鞋子底下吱嘎作響。

妮可緊追在後，我們跑到了雪橇的前頭。

「小心點，孩子們！」爸爸在我們身後喊道：「別惹麻煩！」

不料我在雪地裡絆了一跤，妮可撲向我，我掙脫開來，急衝出去。

我們能惹上什麼麻煩呢？

我腳下吱嘎吱嘎的踩著積雪，心裡一邊想著。方圓數哩之內，除了雪之外，什麼也沒有。在這兒，我們連迷路都不可能！

這句英文怎麼說

亂叫綽號是很幼稚的。
Name-calling is so immature!

我轉過身來，一邊往後倒退著跑，一邊朝妮可揮手。

「來抓我呀！書呆子小姐。」我取笑她。

「亂叫綽號是很幼稚的！」她喊道，腳下不停的追趕我。

突然間，她停下腳步，指著我後面。

「喬丹！小心！」

「嘿——我才不會上妳那老掉牙的當。」我喊了回去，繼續在雪地上往後蹦跳，不肯把眼光從她身上移開，以免她用雪球扔我。

「喬丹，我是說眞的！」她尖叫道：「快停下來！」

9.

砰！我的背部著地，重重摔在雪堆上。

「哎喲！」我哼了一聲，頓時感到天旋地轉。

我努力喘過氣來，竭力環顧著四周。

我掉進一個很深的地洞中，坐在一堆雪上面，不住顫抖著。四周圍繞著由岩石和泛著藍光的冰塊所構成的峭壁。

我站起身來，往上望去，地洞出口離我的頭頂至少有二十英尺。我狂亂的攀住冰牆，抓住一塊突出的岩石，摸索著可以踏腳的地方，希望能夠爬出地洞。

我往上爬了幾英尺，手忽然滑了一下，又滑落到洞底。我又試了一次，還是不行，冰牆實在太滑溜了。

這句英文怎麼說

我要怎麼樣才能出去呢？
How would I ever get out of here?

我要怎麼樣才能出去呢？

爸爸和妮可在哪兒？

我用手套溫暖臉頰。

他們爲什麼不來救我出去？我快要凍死在這裡了！

就在下一秒鐘，妮可的臉出現在地洞頂端，我這輩子從來沒有這麼高興看見她。

「喬丹，你沒事吧？」

「救我出去！」我大喊。

「別擔心，」妮可安慰我。「爸爸過來了。」

我斜靠在洞穴的岩壁上，陽光無法照進地洞底下，我覺得自己的腳趾好像快要斷掉了，凍得不得了！我不停的跳上跳下，以此保持溫暖。

幾分鐘後，我聽見爸爸的聲音。

「喬丹，你有受傷嗎？」

「沒有，爸爸！」我往上對他叫著。

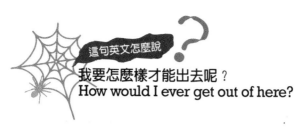

爸爸、妮可和亞瑟全都從洞口朝下看著我。

「亞瑟會放下繩索給你，」爸爸吩咐我，「抓緊繩子，我們會拉你上來。」

於是我往旁邊跨了一步，亞瑟把一條打了結的繩索拋下地洞，我用戴著手套的手緊緊抓住繩子。

「用力拉！」亞瑟喊道。

爸爸和亞瑟用力拉扯繩索，我用腳踩在冰牆突起的地方，靠著洞壁撐住身子。繩子在我手裡滑了一下，我用力把它握得更緊。

「抓緊呀！喬丹！」爸爸喊道。

他們再度用力拉扯繩子，我覺得手臂好像快要脫臼了。

「哇！」我喊道：「小心點！」

慢慢的，他們把我拉上了洞口。我沒幫上什麼忙——我的腳不斷從結冰的牆上滑脫。爸爸和亞瑟一人抓住我的一隻手，把我拉出地洞。

我躺在雪地上，努力喘著氣。

爸爸檢查我的手臂和腿，看看有沒有扭傷或骨折。

這句英文怎麼說

你確定你沒事嗎？
You sure you're all right?

「你確定你沒事嗎？」他不放心的問著。

我點點頭。

「帶小孩來是個錯誤，」亞瑟發著牢騷，「你知道，雪地並不像表面上那樣堅實，如果我們沒有看見你掉下去，可能永遠也找不到你。」

「我們得更加小心，」爸爸同意道：「我要你們兩個緊緊跟在雪橇旁邊。」

他往地洞邊上斜靠過去，拍了一張照片。

我站起身來，拍掉沾在屁股上的白雪。

「從現在起我會更加小心的。」我答應爸爸。

「很好。」爸爸說。

「我們最好加緊趕路了。」亞瑟說。

我們再度上路，繼續穿越雪地。我三不五時推妮可一把，她也回推我一記，但是我們現在安靜許多，畢竟誰也不想凍死在雪洞底下。

爸爸一路拍著照片，他問亞瑟：「離小屋還有多遠？」

「還有兩、三英里，」亞瑟回答，指著遠方一座陡峭的雪山。「看見那座雪

山了嗎？大約在十英里之外……那就是雪怪最後一次被人看見的地方。」

有人看見雪怪在那座雪山出沒，那牠現在會在哪兒呢？

牠會看見我們嗎？會不會正躲在某個地方窺視著我們？

我們一路走著，我始終無法把目光從雪山上移開。當我們越走越近，雪山似乎也變得越來越大，山上點綴著一些松樹和巨石。

過了大約一小時，一個棕色的小點出現在約莫一英里之外。

「那就是馴狗人廢棄的小屋，我們要在那裡過夜。」爸爸對我們說。他搓了搓手套，又說：「坐在熊熊的火堆旁邊一定很棒。」

我拍著雙手，好讓血液循環暢通。

「我等不及了，」我附和爸爸。「這裡一定有零下兩千度！」

「事實上，大約只有零下二十三度，至少這是這個地區每年在這個時候的平均氣溫。」妮可又在賣弄她的知識。

「謝謝妳，氣象小姐，」我開玩笑的說：「現在該報導體育新聞了，亞瑟。」

這句英文怎麼說

我們走太久了。
Took us too long to get here.

亞瑟皺起眉頭，直皺到鬍子裡去。我猜他沒聽懂這個笑話。

他落後我們一些，去檢查雪橇的後面。爸爸轉過身來，給他照了一張相。

「等我們到了馴狗人的小屋，我要再拍幾張風景照。」爸爸一邊更換底片，一邊說：「也許我還會拍那間小屋，之後我們就進去歇息。明天可有得忙了！」

當我們抵達小屋時，已經將近晚上八點了。

「我們走太久了，」亞瑟再度發著牢騷。「我們吃過午飯就離開小鎮了，實在不該花上五個小時這麼久。都是這些孩子出了意外，才拖慢了我們的腳程。」

爸爸站在離他幾步遠的地方，趁他說話時給他拍了一張人像。

「布雷克先生，你聽見我說的話嗎？」亞瑟咆哮道：「別再給我拍照了！」

「什麼？」爸爸讓相機垂落到胸口，說：「噢，是的，孩子們……我打賭他們一定餓了。」

我把馴狗人的小屋裡裡外外勘查了一遍，沒多久就看完了。除了一個老舊的火爐和幾張破爛的帆布床外，整間小木屋都空蕩蕩的。

「這間屋子爲什麼這麼空呀？」妮可問道。

「雪橇車伕不再到這兒落腳了，」亞瑟解釋，「他們害怕雪怪。」

這些話讓我覺得很不是滋味。我瞥了妮可一眼，她也翻翻眼珠。

亞瑟把狗兒安頓在小屋外面的一間棚屋裡。這間棚屋是依著木屋的後牆建造的，裡面堆滿了稻草，好讓狗兒睡在上面；棚屋一角還擱著一架生鏽的老舊雪橇。接著亞瑟生起爐火，準備做晚飯。

「明天我們要去尋找這個所謂的雪怪，」爸爸宣佈道：「今晚大夥都要睡個好覺。」

晚飯後，我們各自爬進睡袋。我清醒的躺了好一會兒，聽著外頭呼嘯的風聲，同時還側耳傾聽有沒有雪怪沉重的腳步聲。

「妮可，走開！」妮可在睡袋裡翻了個身，手肘頂到我的肋骨。我把她的手臂揮開，又縮進自己那暖烘烘的睡袋裡。

妮可張開眼睛。清晨燦爛的陽光流洩進小屋裡。

「孩子們，我一會兒就回來準備早飯。」爸爸說。他正坐在椅子上，繫著雪

這句英文怎麼說

你很清楚這裡不會有熱水的。
You know perfectly well there's no hot shower.

靴的帶子。「我得先去瞧瞧那些狗兒，亞瑟幾分鐘前去餵牠們了。」

他裝束妥當，走出屋外。我揉揉鼻子——覺得好冷喔！火爐裡的火已經在夜裡熄滅了，還沒有人把它重新點燃。

我強迫自己爬出睡袋，開始穿衣服。妮可也開始穿衣。

「妳想這個爛地方會有熱水可以沖澡嗎？」我說。

妮可對我怪笑一下。「你很清楚這裡不會有熱水的，喬丹。」

「哦……哇！眞是不可思議！」我聽見爸爸在外頭大喊。我把雙腳塞進靴子裡，快步衝出門。妮可緊跟在我後面。

爸爸站在小屋邊上，驚恐的指著地上。

我往下一看——只見雪地裡有幾個深深的腳印。

好大的腳印！巨大的腳印……

只有怪物才會有這麼大的腳印。

10.

「眞是難以置信！」爸爸盯著雪地，低聲說道。

亞瑟匆匆從狗棚跑來，當他看見腳印時，立刻停下腳步。

「不！」他大喊出聲：「牠來過這兒！」

他泛紅的臉孔瞬間變得慘白，下巴因爲恐懼而止不住顫抖著。

「我們得離開這兒——馬上！」他用低沉而驚恐的聲音對爸爸說。

爸爸則努力讓他鎮靜下來。

「鎮定一點，別立刻下結論。」

「我們的處境非常危險！」亞瑟堅持道：「那怪物就在附近！牠會把我們全都撕成碎片的！」

這句英文怎麼說

我們的處境非常危險！
We're in terrible danger!

妮可在雪地上跪了下來，仔細端詳著腳印，開口問道：「你們認爲這些腳印是眞的嗎？眞的是雪怪的腳印？」

她認爲這些腳印是眞的，她相信了……

爸爸在她身邊跪下。「我覺得挺像眞的。」

我看見他眼中閃過一抹微光。他抬起頭來，一臉狐疑的瞇眼看著我。

我向後退了一步。

「喬丹！」妮可用責難的語氣喊道。

我再也忍不住了，終於放聲大笑起來。

「喬丹，我早該猜到的。」爸爸無奈的搖了搖頭。

「什麼？」亞瑟看起來很疑惑，之後又轉爲憤怒。「你是說這些腳印是這孩子弄的？這是個惡作劇？」

「恐怕是的。」爸爸嘆了一口氣。

亞瑟對我怒目而視，鬍子下的臉孔脹得通紅，就像一塊生牛排那樣紅。

我忍不住瑟縮起來。亞瑟嚇著我了，他顯然不喜歡小孩——尤其是喜歡惡作劇的小孩。

「我還有活要幹。」亞瑟低聲咕噥，接著轉過身，重重踏過雪地走開了。

「喬丹，你這渾球！」妮可說，「你是什麼時候弄的？」

「我早上很早就醒了，於是偷溜出去……你們都還在睡覺，我用手套在自己的腳邊畫出那些腳印，再踏著那些腳印走回來，就不會留下足跡了。」

「妳信以爲眞了！」我用手指戳戳妮可，說道：「在那一分鐘，妳相信眞的有雪怪。」

「我才沒有！」妮可反駁。

「有，妳有。我騙到妳了！」

我的視線從妮可惱怒的臉孔瞥到爸爸嚴峻的臉上。

「你們不覺得很有趣嗎？這只是個玩笑呀！」

爸爸通常都滿欣賞我的玩笑，但這一回可不！

「喬丹，我們現在並不是在帕薩迪納家裡，我們是在荒郊野外，是在阿拉斯加的荒野裡。我們的處境可能會變得非常危險，你昨天也看見自己掉進了地洞

這句英文怎麼說

他這問題的答案是否定的。
The answer to his question was no.

裡……」

我點點頭，不禁垂下頭來。

「我是認眞的，喬丹……」爸爸警告我：「再也不許惡作劇了。我是來這兒工作的，我不希望有任何事情發生在你、妮可，或是我們任何人身上，知道嗎？」

「是的，爸爸。」

有好一會兒，我們沒有人說半句話。爸爸拍拍我的背。

「好了，我們到裡頭去吃點早餐吧！」

幾分鐘後，亞瑟回到小屋裡。他跺跺腳，甩掉靴子上的雪粒，同時怒目瞪視著我。

「你自以爲很有趣，」他低聲說：「但是等你眞的遇見雪怪，看你還笑不笑得出來？」

我艱難的嚥了一口口水。

他這問題的答案是否定的——絕對是否定的！

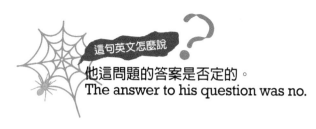

11.

吃過早餐，我們把狗套上雪橇，向雪山出發。亞瑟不肯跟我說話，連看都不看我一眼。我想他還在爲那個玩笑而生我的氣。

每個人都原諒我了，爲什麼他就是不肯？

妮可、我和狗兒一起走在雪橇前面。我聽見爸爸的照相機在我背後響個不停，也明白這意味著他發現拍照的好目標了，因此轉過身來。

一大群麋鹿正朝我們移動過來，往雪山的方向走去。我們停下來看著牠們。

「你們看，眞是太壯觀了！」爸爸耳語道，很快的在相機裡裝了一捲新的底片，興奮的拍了起來。

那群麋鹿把角抬得高高的，靜靜的穿過雪地。牠們停下腳步，啃食著一叢灌

這句英文怎麼說

我們的確有很好的理由。
We've got a good reason.

木。亞瑟勒住領頭那隻狗的韁繩，以免牠吠出聲來。

突然間，一隻麋鹿抬起頭來，好像感覺到什麼東西。

其他的麋鹿也緊張了起來，接著牠們掉轉回頭，穿過凍原疾奔而去。牠們的蹄聲像雷鳴般響徹整片雪地。

爸爸讓手中的相機落到胸前，說：「眞奇怪，發生什麼事了……」

「有東西嚇著牠們了，」亞瑟嚴肅的說：「不是我們，也不是狗。」

爸爸往地平線掃視。

「那會是什麼呢？」

我們都在等待亞瑟的回答，但他只是說：「我們應該回頭，馬上折返小鎭。」

「我們不能回去！」爸爸堅決的說：「都已經走這麼遠了。」

「你到底聽不聽我的忠告？」亞瑟盯著他說。

「不！」爸爸回答。「我來這兒有工作要做，而你是我僱來做事的，如果沒有很好的理由，我們是不會回去的。」

「我們的確有很好的理由，」亞瑟也十分堅持，「只是你不肯相信。」

「繼續往前走！」爸爸發號施令。

亞瑟皺了皺眉，對著狗兒喊道：「前進！」

雪橇開始移動。我們跟在後面，繼續往雪山前進。

妮可走在我前面幾英尺的地方，我抓起一堆雪，捏成一個雪球。但是轉念一想：我最好還是不要扔出去，現在似乎沒人有心情玩雪球大戰。

我們又在雪地裡行進了一、兩個小時。我把手套拉掉，扭動手指頭；上唇也不斷結起霜來，我伸手把它抹掉。

當我們來到雪山腳下的一叢松樹旁邊，狗兒突然停下腳步，吠叫出聲。

「前進！」亞瑟喊道。

狗兒拒絕往前走。

妮可跑到她最喜歡的一條狗——拉爾斯前面問道：「怎麼了？拉爾斯，怎麼回事？」

拉爾斯號叫了一聲。

「牠們是怎麼了？」爸爸問亞瑟。

這句英文怎麼說

狗兒拒絕往前走。
The dogs refused to go farther.

亞瑟的臉孔又轉為蒼白，雙手不停的顫抖。他專注的盯著松樹叢裡，瞇眼凝視白雪的亮光。

「狗兒被什麼東西嚇著了，」他說，「你瞧牠們的毛都豎起來了。」

我拍拍拉爾斯——沒錯，牠的毛都一根根站了起來。

狗兒又號叫一聲。

亞瑟說：「這些狗並不容易受到驚嚇，無論那是什麼，總之是把牠們嚇壞了。」

緊接著，四條狗齊聲呼號起來。

妮可緊緊靠在爸爸身邊。

亞瑟又說：「雪山上有危險的東西，某種危險的東西——而且非常接近。」

12.

「我得警告你，布雷克先生，我們得立刻折回去。」亞瑟再度強調。

「不可能，我們不回去，我是認眞的。」爸爸反對道。

狗兒緊張得直吠，不安的扭動著。亞瑟搖搖頭說：「我不會再往前走了，狗兒也不肯繼續往前。」

「前進！」爸爸出聲對狗兒喊道。牠們號叫幾聲，便往後退。

「前進！」爸爸又喊一聲，狗兒不但不往前進，反而想在雪地中向後掉頭。

「你這樣只會讓牠們不知所措。牠們不肯再往前走了——我已經告訴過你。」亞瑟接著又說：「如果我們現在折回去，也許還能及時趕回小屋。」

「我們該怎麼辦？爸爸。」我問。

這句英文怎麼說

我們該怎麼辦？
What are we going to do?

爸爸皺起眉頭。

「也許亞瑟說的對，的確有東西嚇著狗兒了，附近可能有熊或是什麼的。」

「那不是熊，布雷克先生……」亞瑟堅決的說：「這些狗被嚇得毛骨悚然，我也一樣。」

他大踏步走過雪地，往馴狗人小屋的方向折回去。

「亞瑟！」爸爸喊道：「快回來！」

亞瑟沒有回頭，也沒有說半句話，只是不停向前走去。

他一定是真的嚇壞了。

這個想法讓一股寒氣竄上我的背脊。

那些狗兒仍然激動的吠個不停，牠們拉著雪橇掉頭，跟在亞瑟後面往回跑。

爸爸凝視著樹林說：「如果我能看見是什麼東西在裡頭就好了。」

「我們進去瞧瞧，」我慫恿爸爸，「無論那是什麼，也許都會是拍照的好題材。」後面這句話通常都會讓爸爸心動。

爸爸回頭望著奔向小屋的亞瑟、雪橇，還有狗兒，說道：「不行——太危險了，我們沒有選擇了。走吧！孩子們。」

我們費了好大的勁走回小屋。

「也許我可以說服亞瑟，明天再試一次。」爸爸低聲咕噥著。

我一句話也沒說。但我有種感覺，想要說服亞瑟再去爬那座雪山可不是件容易的事。

而且亞瑟也許是對的，那些狗眞的嚇壞了——那幕景象簡直令人不寒而慄。

到達小屋以後，亞瑟把狗兒從雪橇上解了下來。牠們現在平靜多了。

我扔下背包，啪的癱倒在睡袋上。

「我們也該吃晚餐了，」爸爸悶悶不樂的說，我看得出他的心情很不好。「喬丹——你和妮可到外頭去撿些木柴，但是要小心一點。」

「我們會小心的，爸爸。」妮可向他保證。

我站起身來，正要往屋外走去。

「喬丹！」爸爸斥責我：「把你的背包背上！你們到任何地方都得背著背包，

這句英文怎麼說

不許討價還價！
No arguments.

知道嗎？」

「我們只是去撿柴火而已，」我抗議道，「而且我背得好累哦！我們只是出去幾分鐘而已，何況妮可有背她的背包呀！」

「不許討價還價！」爸爸叱喝一聲。「如果你走丟了，裡頭的乾糧可以讓你支撐到讓我們找到你。只要你離開這間小屋，就得背著背包，清楚了嗎？」

哇塞！他的心情還真差。

「清楚了。」我一邊說，一邊把背包的帶子繫上。

我和妮可吱嘎吱嘎的穿過雪地，往最近的樹叢走去。那些樹木排列在大約半英里外的一座山脊上。

我們攀爬那座覆滿白雪的山脊，我率先登上頂端。

「妮可——妳看！」

在雪脊的另一邊，我看見一條結冰的溪流。這是自從我們出發以來，頭一次看到的流水。

妮可和我滑下雪脊，往結冰的溪水裡凝視。我用腳探了探冰的硬度。

「別踩上去，喬丹！」妮可喊道：「你可能會掉進去的！」

我用鞋尖叩了叩冰面，對妮可說：「這冰很堅固的。」

「你還是別冒險得好，要是你再出一次意外，爸爸肯定會宰了你的。」

「不曉得底下有沒有魚在游。」我說著往冰裡頭看去。

「我們應該告訴爸爸，他也許會想要拍照。」

我們離開小溪，在樹下撿了一些枯枝。接下來，我們拖著枯枝翻過雪脊，穿過雪地回到小屋。

「謝啦，孩子們。」當我們跑進小屋時，爸爸說道。他從我們手中接過木柴，準備生火。「晚上吃煎餅怎麼樣？」

他現在心情好多了。

我不禁鬆了一口氣。

妮可告訴爸爸關於結冰小溪的事。

「眞有意思，」爸爸說，「吃過晚飯後我要去看看。除了滿地的冰雪之外，我總得找些別的東西來拍拍。」

真有意思！
Interesting!

熱煎餅讓每個人都開心了起來——除了亞瑟。

他吃了很多，但是很少說話。他看來有些魂不守舍，還把叉子掉到地上，又喃喃自語的撿起叉子，擦都沒擦就繼續吃東西。

吃過晚飯，妮可和我幫忙爸爸清理餐桌。

當我們正在收拾東西，狗兒突然狂吠了起來。

我看見亞瑟全身僵硬起來。

「怎麼回事？」我喊道，「狗兒在緊張什麼？」

13.

狗兒吠個不停。

有什麼人在外頭嗎？是動物？還是妖怪？

「我出去看看。」亞瑟嚴肅的說。他穿上外套，戴上帽子，急急走出小屋。

爸爸也抓起大衣。

「你們兩個待在這兒。」吩咐我跟妮可之後，他便跟著亞瑟出門。

我和妮可對望一眼，聆聽著外頭的狗叫聲。幾秒鐘後，吠聲停止了。

爸爸探頭進屋裡說：「外頭什麼也沒有。不曉得是什麼東西驚擾了牠們，不過亞瑟正在讓牠們安靜下來。」

接著爸爸抓起相機。

這句英文怎麼說

不知道他為什麼去了那麼久？
I wonder what's taking him so long?

「你們兩個去睡覺好嗎？我去看看那條小溪，很快就回來。」

他讓照相機垂掛在皮毛大衣的領子上，小屋的門在他身後砰的一聲關上。

我們聽著爸爸吱嘎吱嘎穿過雪地的腳步聲，接著四周陷入一片寂靜。妮可和我爬進各自的睡袋。

我翻來覆去，想要讓自己舒服一些。現在已經過了晚上八點，但外頭還是亮著，陽光透過小屋的窗縫照了進來。

這陽光讓我想起小時候媽媽總是要我睡午覺，但我從來沒辦法在白天睡著。

我一會兒闔上眼睛，一會兒又張開，一點也不覺得睏。

我轉過頭，看看妮可——她仰天躺著，眼睛睜得大大的。

「我睡不著。」我說。

「我也是。」她回答。

我在睡袋裡扭來扭去。

「亞瑟上哪兒去了？」妮可問，「不知道他為什麼去了那麼久？」

「我猜他是跟狗兒在一起。我想，他喜歡那些狗遠勝於我們。」

「那是一定的。」妮可同意。

我們又翻來覆去了好一會兒。

天空還是很明亮，光線從小屋的窗縫直瀉進來。

「我放棄了。」我呻吟著說，「我們出去堆個雪人或什麼的。」

「爸爸叫我們待在屋裡。」

「我們又不會走遠，就待在屋子旁邊。」我向她保證。

我爬出睡袋，開始穿衣服。妮可也坐了起來。

「我們不該出去。」她再次告誡我。

「拜託，能出什麼事呢？」

她站起身來，穿上毛衣。

「如果我再不做些什麼，可真要發瘋了。」她承認道。

我們穿好衣服後，我拉開小屋的門。

「喬丹——等等！」妮可喊道，「你忘了你的背包。」

「我們只是要到門口去。」我埋怨道。

這句英文怎麼說

我們出去堆個雪人或什麼的。
Let's go outside and build a snowman or something.

「爸爸說我們一定得帶著背包。他要是看見我們在外頭，可會大發脾氣的，如果再發現你沒帶背包，那就更不得了了。」

「噢，好吧！」我把背包背到肩上，不情願的說：「好像我們眞的會出什麼事似的。」

我們走進外頭的冷空氣中，我踢著地上的雪。

「你聽！」妮可拉住我外套的袖子，低聲說。

小屋後頭傳來一陣吱嘎吱嘎的腳步聲。

「是亞瑟。」我對她說。

我們偷偷繞到屋子後面，發現是亞瑟沒錯。

他正在雪橇旁邊走動，把一隻狗套上雪橇。

另外還有兩隻狗已經栓在雪橇上了。

「亞瑟！」我喊道：「怎麼回事？」

他吃了一驚，朝我們轉過身來。但他沒有回答我的話，反而跳上了雪橇。

「快跑！」他用最大的音量命令狗兒拉車。那些狗兒屈身向前，用力拉著雪橇，雪橇頓時滑動起來。

「亞瑟！你要上哪兒去？」我大喊著，「快回來！」

雪橇加快了速度。

「亞瑟！亞瑟！」妮可和我在後面追他，拚命喊他的名字。

但是雪橇離我們越來越遠，而亞瑟始終沒有回頭。

這句英文怎麼說

他帶走了我們的食物。

He's got our food.

14.

妮可和我追趕著雪橇，眼看它越變越小。

「亞瑟！回來！」

「他帶走了我們的食物！」我喊道。

我們不能讓他跑掉。我們用盡全力跑著，腳下的靴子重重的落在雪地上。

雪橇正爬上一座高高的雪脊。

「停下來！停下來！」妮可尖聲大喊：「求求你！」

「我們趕不上那些狗的。」我喘著氣說。

「總得試試啊！」妮可狂亂的喊著，「不能讓亞瑟把我們留在這兒！」

雪橇消失在雪脊頂端。我們手腳並用爬上雪脊，雪粒紛紛從我們腳下滑落。

當我們爬到雪脊頂上時，亞瑟和狗兒已經遙遙超前我們。我們驚恐的看著他們快速消失在凍原那頭。

我精疲力盡，癱倒在雪地上，哽咽著說：「他們跑走了。」

「喬丹，快起來！」妮可懇求道。

「我們追不上他的。」我呻吟著說。

接著妮可用細小的聲音說道：「我們現在在哪兒？」

我站起身來，環視四周——雪、雪、雪！四面八方除了雪還是雪，沒有任何地標，也沒有小屋的蹤影。

雲層遮蔽了太陽，風越來越急，雪片開始落下。

我不知道我們在哪兒。

「小屋是在哪個方向？」我尖聲問道：「我們是從哪兒來的？」

我透過飄落的雪花，掃視著地平線，但怎麼也看不見小屋的蹤影。

妮可拉拉我的手臂說：「小屋是在那個方向，我們走！」

「不！」雪片落得越來越快，也越來越密，扎疼了我的眼睛。我迎著風喊道：

這句英文怎麼說

我們追不上他的。
We can’t catch him.

「小屋是在另一個方向，我們不是從那裡來的！」

「你看！」妮可指著地上，大聲喊道：「是我們的足跡！我們可以沿著它們走回去。」

於是，我們開始走下雪脊，循著之前留在雪地上的足印走去。

風越來越大，在我們耳邊呼嘯著。

我們沿著自己的足跡走了一會兒，在紛紛落下的雪花之間很難看得清楚，整個世界全都是灰白色的——滿眼都是白色和灰色。

妮可透過厚厚的雪簾對我喊道：「我幾乎看不見你了！」

我們伏低身子走著，努力搜尋自己的足跡。

「看不見腳印了！」我喊道。

落雪已經把我們先前的足跡完全覆蓋住了。

妮可緊緊抓住我的手臂。

「喬丹，我好害怕。」

我也開始害怕了，但我並沒有告訴妮可。

「我們會找到小屋的。」我安慰她，「別擔心，我打賭爸爸這會兒正在找我們呢！」

我希望自己也能相信這些話。

風吹著冰冷的雪粒，猛烈的擊打我們，我瞇著眼睛看進風裡，只見鋪天蓋地的一片雪白──白色之上還是白色；灰色上面也是白色。

「不要放開我！」我對妮可吼道。

「什麼？」

「我說，不要放開我！在風雪中我們很容易就會走散了！」

她捏緊握著我手臂的手掌，表示聽見我的話了。

「好冷喲……」她吼道：「我們用跑的吧！」

我們想要跑過雪地，在強風中跌跌撞撞的前進。

「爸爸！」我們大喊著，「爸爸！」

我不知道我們正往哪裡走──但卻明白我們必須前進到某個地方。

「你看！」妮可喊道，透過厚厚的雪花指著前方。「我想我看見東西了！」

這句英文怎麼說

不要放開我！
Don’t let go of me!

我努力往前看，但是什麼也看不見。

妮可把我往前拉，又喊道：「走吧！」

我們盲目的奔跑著。

突然間，我們腳下一空，地面居然陷了下去。

我仍然抓著妮可，感覺自己被吸進雪堆底下……

15.

我們向下墜落，掉進一片寒氣逼人的白雪中。

雪片飛舞起來，在我們四周盤旋迴轉，緊接著把我們埋了起來。

又是一個地洞。

一個藏在雪中的深坑，而且比前一個深多了。

當我們落地時，兩個人都叫了一聲，身體糾纏在一起。

「起來！」妮可尖叫道：「我們在哪兒？快起來！」

我的腦中一片茫然，掙扎著站起身來，接著抓住妮可的雙手，把她拉了起來。

「噢，不！」妮可呻吟道。

我們兩人一起往洞口望去，我幾乎看不見頭頂上方的灰色天空。

這句英文怎麼說

我們被困在地底下了！
We're trapped down here!

四面八方都是高聳的雪牆，粉狀的雪片落在我們身上。

我往洞口望去，些許雪塊正從冰牆上崩落下來。落在我們身旁鋪著白雪的坑底時，還發出輕輕的聲響。

「我們被困在地底下了！」妮可哀號著說：「爸爸永遠找不到我們了……」

我抓住她的肩膀，一團雪塊從冰牆上剝落，掉在我的靴子上。

「冷靜一點！」我想安撫她，但聲音卻在顫抖。

「冷靜？你叫我怎麼冷靜？」她尖聲反問。

「爸爸會找到我們的。」我不確定自己相不相信這一點，但仍用力吞嚥口水，藉此壓下自己的驚慌。

「爸——爸！」妮可尖叫起來。她仰頭向天，雙手放在嘴邊圈成筒狀，用盡力氣大喊。「爸——爸！爸爸——」

我趕緊捂住她的嘴，可惜還是來不及了。

接著我聽見一陣低沉的隆隆聲。

隆隆聲漸漸變成了雷鳴，雪牆開始裂開、崩塌……就在下一秒鐘，雪牆崩塌

下來，朝我們直蓋過來。

我驚恐得全身顫抖，也知道發生什麼事——妮可的叫喊聲引發了雪崩！

這句英文怎麼說

我們跌進一片全然的漆黑中。
We stumbled forward into total darkness.

16.

當滾滾而來的雪堆朝我們頭頂砸下時，我趕緊一把抓住妮可，把她推向洞壁，接著自己也往牆壁撲了過去。

雪堆轟隆轟隆的滾落下來。我把身子緊緊貼在洞壁上——令我驚訝的是，洞壁居然鬆動了。

「哎呀！」我大吃一驚，喊了出來。妮可和我穿過地洞的牆壁，跌進另一個坑洞中。

我們跌進一片全然的漆黑中。我聽見身後傳來一陣撞擊爆裂的聲音，心臟怦怦跳個不停。在光亮消失之前，我及時轉過身，看見背後的地洞被填滿，雪堆把洞壁上的開口完全封住了。

妮可和我被封在裡面了，被關在一個黑暗的坑洞中。

出路被堵住了！地洞消失了……

我們蹲伏在這條像是隧道的黑暗坑洞中，因爲恐懼而顫抖、喘息著。

「我們現在又是在哪兒？」妮可哽咽著說：「現在我們該怎麼辦？」

「我也不知道。」我抓住洞壁說。

我們似乎是在一條狹窄的通道中，四周的洞壁是由岩石構成的，而不是雪。

等到眼睛適應了黑暗，我看見通道盡頭有一絲微弱的光線。

「我們去看看那是什麼。」我鼓勵妮可。

於是我們手腳並用，沿著隧道往亮光處爬去。直到爬出隧道，才站起身來。

我們發現自己來到一個巨大的洞穴中，洞穴頂端高高懸在我們的頭頂上，其中一面牆上有道細細的流水，慢慢的流淌下來；靠近洞底的某個地方傳來一絲黯淡的微光。

「這道光線一定是從外面射進來的，」妮可說，「而且表示這裡肯定有出路。」

我們躡手躡腳的，慢慢穿過洞穴。我唯一能聽見的聲音，就只有融化的冰柱

這句英文怎麼說

現在我們該怎麼辦？
What do we do now?

所發出的滴水聲。

我想，我們很快就能出去了。

「喬丹，」妮可耳語道：「你看！」

在洞穴的地上，我隱約看見一個腳印——一個巨大的腳印。它比我早上在雪中假造的腳印還要大。

這個腳印可以裝得下我的五隻鞋子。

我走了幾步，又看見另一個腳印。

妮可抓住我的手臂。

「你想這會不會是……」

她沒有再說下去，但我知道她心裡在想什麼。

我們循著那些巨大的腳印走過洞穴，這些腳印引領我們來到洞底一個陰暗的角落——之後便停住了。

我抬頭往上看去，妮可不禁倒抽一口冷氣。

我們同時都看見牠了——那個怪物！

傳說中的雪怪！

牠像泰山壓頂般的矗立在我們眼前，全身覆蓋著褐色的毛皮，像人類一般直立著。黑色眼珠自醜怪的臉上直直瞪視著，一半像人，一半像大猩猩。

牠並不很高——大約比我高一個頭——但卻讓人覺得牠似乎碩大無比。而且牠的身體厚實有力，有著巨大的腳掌，和覆滿毛皮的手——像棒球手套一樣大。

「我們無路可走了。」妮可結結巴巴的說。

她說的沒錯，我們來時的入口已經被雪崩給堵住了，想要從這個巨大怪物身邊溜走更是毫無可能。

絕無可能！

雪怪向下瞪視著我們，接著動了起來……

這句英文怎麼說

我們無路可走了。
We're trapped.

17.

我的牙齒開始咯咯打顫，緊閉雙眼，渾身發抖，等著眼前的怪物來抓我們。

一秒鐘過去了，接著又是一秒鐘。

但什麼事也沒發生。

我張開眼睛，發現雪怪並沒有任何動作。

妮可往前走一步，喊道：「牠被凍住了！」

我在幽暗的光線下眨著眼睛。

「什麼？」

然而雪怪是真的被封在一塊透明的大冰塊裡。

我摸了摸冰塊，雪怪就像一尊雕像般的立在裡面。

「如果牠被冰封住了，」我納悶道，「那麼那些巨大的腳印又是怎麼來的呢？」

妮可彎身仔細研究那些腳印。

腳印是如此碩大驚人，使她不由得又顫抖了幾下。

「腳印是直接走向這冰塊的，」她說，「一定是雪怪不知用什麼方式留下來的。」

「也許是牠走到這兒時，意外被凍住了。」我提出假設，並觸摸洞穴後面的那道岩壁，上面有融化的冰水流淌下來。「又或者牠是進到冰塊裡去休息的，」我又說，「就像吸血鬼德古拉到了天亮就會回到棺材裡睡覺。」

我說著後退了幾步，跟牠距離這麼近真是教人害怕。但這怪物一動也不動，乖乖待在厚厚的冰塊底下。

妮可傾身靠近冰塊。

「你看牠的手！」她喊道，「或者該叫爪子還是什麼的。」

牠的雙手就像身體其他部分一樣，覆滿了褐色的毛皮。牠有著像男人一樣粗大的手指，指尖冒出又長又利的爪子。

這句英文怎麼說

現在不是上生物課的時候。
There is no time for biology lessons.

看到這些利爪，一陣寒氣霎時流過我的背脊。

牠用這些尖爪來做什麼？把動物撕成碎片？還是撕裂那些不巧遇上牠的人？

牠還有著粗壯有力的雙腿，腳趾上長著較短的腳爪。我端詳牠的臉孔，除了眼睛、鼻子和嘴巴旁邊一圈沒有毛髮的圓形區域之外，整個頭部都長滿棕毛。牠臉上的皮膚是帶點粉紅的紅色，嘴唇粗厚而蒼白，露出一種猙獰的怪相。

「牠一定是哺乳類的，」妮可宣告：「牠的毛皮明確透露了這一點。」

我不禁翻翻白眼。

「現在不是上生物課的時候，妮可。爸爸要是瞧見了，他可會樂歪了！如果他能拍到這樣的照片，可要大大出名了！」

「是呀……」妮可嘆了一口氣。「要是我們能找到爸爸就好了，要是我們能離開這兒就好了。」

「一定會有辦法出去的。」我走到側面的岩壁前，用手貼著它，想要找到一個洞孔或是岩石縫隙。

幾分鐘後，我在岩壁上發現了一個小小的裂縫。

「妮可！」我喊道：「我有新發現了！」

她立即奔到我身邊。我指著洞壁上的裂縫，她卻失望的皺起眉頭。

「那只是個裂縫罷了。」她說。

「妳怎麼知道？」我反駁道，「也許這裡有個祕密出口，一條隱藏的通道或什麼的。」

她嘆了一口氣，說：「我想這值得一試。」

我們用力推著岩縫，把手指插進縫隙裡；接下來又踢著牆壁，我甚至還使出空手道的手刀劈它。

但岩壁還是一動也不動。

「我不願意說破，但是喬丹……這就像往常一樣，我是對的，你找到的只是岩壁上的一條裂縫。」

「好，那就繼續找吧！」我咆哮著說：「我們一定得離開這兒！」

我繼續尋找著。

背對著那個怪物，我伸手在岩壁上摸索。

這句英文怎麼說

怪物要掙脫出來了！
The monster is breaking out!

突然間，我聽見了聲音——一聲響亮的爆裂聲。

「妮可！」我喊道，「妳發現什麼了嗎？」

我轉過身來，發現那個聲響並不是妮可發出來的，而且她正驚恐的盯著那個怪物。

「怎麼了？」我急忙問道，「怎麼回事？」

接著又聽見「霹啪」一聲。

「冰塊正在裂開！」妮可尖聲說著，「怪物……怪物要掙脫出來了！」

18.

霹啪!

冰塊瞬間裂成碎片,四散分開。妮可和我緊緊靠著洞壁,驚恐的看著這一幕。

雪怪自冰塊中躍出,碎裂的冰塊落在地上,像玻璃般砸得粉碎。雪怪抖抖身子,像野狼般號叫出聲。

「快跑!」我尖叫道。

妮可和我拔腿就跑,卻無路可去。我們倉皇的跑到洞穴另一頭——盡可能離那怪物越遠越好。

「那條通道!」我喊道,迅速彎下身來,開始往通道爬去。

妮可一把拉住了我。

這句英文怎麼說

他正在搜尋我們。
He's searching for us.

「等等！出口被堵住了，那場雪崩——記得嗎？」

沒錯，地洞的出口已經被好幾噸的雪給堵住了。

在洞穴另一頭，怪物發出一聲兇猛的咆哮，震動了四周的岩壁。

妮可和我蜷縮在洞穴一角，我感覺到她在我身邊不停顫抖著。

「也許牠沒有看見我們。」我低聲耳語。

「那牠爲什麼要吼叫呢？」妮可也對我耳語。

怪物抽動著大猩猩般的鼻子，四處嗅聞著空氣。

噢，不——！牠能從洞穴那頭聞到我們的氣味嗎？

牠轉動著覆滿長毛的碩大頭顱，一會兒朝東，一會兒往西。

我知道牠正在搜尋我們，牠聞到我們的氣味了。

「呃！」牠咕噥一聲，盯著洞穴的一角——也就是我們藏身的角落。

「呃！」牠又呼嚕了一聲。

「噢，不好了……」妮可呻吟道，「牠看見我們了！」

巨大的怪物搖搖晃晃的走向我們，每踏出一步沉重的腳步，就呼嚕一聲。

我把自己緊緊壓在洞壁上，希望牆壁能把我們吞進去。再怎麼樣都比被那怪物一口吞掉的好！

怪物不停往我們這邊走來，沉重的腳步震動了地面。

砰、砰、砰……

我們瑟縮在地上，盡可能讓自己縮得越小越好。

牠在距離我們幾吋的地方停了下來，再度吼叫一聲——震耳欲聾的咆哮。

「牠的牙齒！」妮可喊道。

我也看見牠那兩排剃刀狀的鋒利大牙。

怪物又號叫起來，接著往我們逼近，銳利的爪子閃閃發光。

牠向我撲打過來，我試著閃躲。

怪物洩氣的咆哮一聲，又向我們揮出利爪。

牠用強而有力的手掌箍住妮可的頭。

「救命呀！」妮可尖叫道，「牠要捏碎我了！」

這句英文怎麼說

只見他用一隻爪子把帆布背包撕裂。
With one claw he sliced open the canvas backpack.

19.

「放開她！」我放聲大叫。

但我知道這般叫喊也於事無補。

雪怪號叫一聲，粗暴的把妮可翻轉過來。

牠伸手到她背後，抓住她的背包，接著猛力一拉，將背包從她肩膀上扯落下來。

「嘿！」我驚叫起來。

只見牠用一隻爪子把帆布背包撕裂，伸手往裡頭摸索，並拉出一些東西來——是一個袋子……一袋綜合果仁。

妮可和我訝異的看著牠把整包綜合果仁倒進嘴裡。

「這就怪了……」我勉強出聲道：「牠愛吃綜合果仁。」

怪物把空袋子揉掉後，繼續掏摸妮可的背包，想要找更多的果仁。

「沒有果仁了。」妮可對我耳語。

不料怪物怒吼一聲，把妮可的背包扔開。

「現在該怎麼辦？」妮可耳語。

我把手伸進自己的背包，顫抖著拉出我的那袋綜合果仁，往怪物面前扔去。

那包果仁落在地上，滑到怪物腳前。牠彎下身，抓起袋子把它撕開，再次狼吞虎嚥的吞下整包果仁。

當牠吃完以後，我把自己的背包推過去給牠。

牠咕噥一聲，將背包裡所有東西都倒了出來。

沒有綜合果仁了，糟了……

怪物伸展四肢，怒吼一聲。接著牠彎下了身，用兩條粗大的胳臂抓起我和妮可。牠把我們舉到牠的面前，往牠的嘴巴送去……

牠準備要吃掉我們了？

這句英文怎麼說
請不要吃掉我們！
Please don't eat us!

20.

我不斷掙扎著，但是牠太強壯了。我用拳頭捶牠的胸膛，用盡全力踢牠，但是牠好像一點感覺都沒有。

牠抓著妮可和我，就像抓著兩個布娃娃。

「請不要吃掉我們！」我哀求道，「求求你……」

怪物呼嚕了一聲，把我們兩個拎在一隻胳臂的臂彎裡，將我們夾得死緊，搖搖晃晃的穿過洞穴往回走。

我踢牠的側腹，卻仍然毫無反應。

「放開我們！」我繼續尖叫著，「放我們下來！」

「牠要帶我們上哪兒去？」妮可喊道。當怪物踏著沉重的步伐穿過洞穴時，牠的身子也跟著上下晃動。

也許牠要把我們烤來吃……

我絕望的想著。

或許牠不喜歡生吃小孩。

牠拎著我們回到洞穴後邊，伸出巨爪一揮，就把一塊大石塊推到一旁，石頭後面出現一條狹窄的通道。

「爲什麼我們之前沒看見呢？這麼一來我們就可以逃走了！」妮可哀嘆著說。

「現在說這些都太遲了。」我呻吟道。

雪怪拎著我們穿過通道，來到一個比較小的洞穴中，裡頭十分光亮。

我往上一看，頭頂上便是灰色的天空。

這裡有條出路！

怪物用一隻胳臂夾著我們，開始攀上洞穴的牆壁。牠搖搖晃晃的踏著大步，不一會兒就爬出了洞口。

冰冷的空氣迎面襲來，但是怪物身上卻散發出一陣陣熱氣。

這句英文怎麼說

冰冷的空氣迎面襲來。
Cold air blasted me in the face.

暴風雪已經停止了，凍原上覆蓋著新雪。

怪物蹣跚的走過雪地，一邊走，一邊發出呼嚕聲。

牠巨大的腳掌深深的陷入雪中，但是每一步都踏得好遠。

牠要帶我們上哪兒去？會到什麼地方呢？

也許牠還有一個洞穴……

想到這兒，我不禁打了個冷顫。

裡頭也許有更多的怪物——牠的朋友們，牠們要一起吃了我們！

我再度想要掙脫雪怪的掌握，使盡全身力氣，猛力又踢又扭。

怪物卻吼叫一聲，用爪子戳了戳我的側腹。

「哇！」我大喊一聲，不敢再隨意扭動了。只要我一動，牠的爪子就戳得更深。

可憐的爸爸……

我悲哀的想著。

他永遠也不會知道我們發生了什麼事，除非在雪地裡發現了我們的白骨……

突然間，我聽見吠叫聲。

是狗的叫聲！

雪怪停下腳步，號叫一聲，用力聞嗅著四周的空氣。接著，牠輕輕把我跟妮可放在雪地上。

我們步伐不穩的站在地上，妮可滿臉驚訝的望著我。

下一秒鐘，我們倆拔腿狂奔，跌跌撞撞的跑過深深的積雪。

我回頭一望。

「牠有追來嗎？」妮可問。

我不敢確定，因爲我看不見牠，眼前只有一片銀白。

「繼續跑呀！」我喊道。

接著我看見遠處出現一個熟悉的東西——一個褐色的斑點。

我撞上了妮可。

「小屋在前面！」

我們繼續加快腳步。

要是我們能跑進小屋，可就安全了……

這句英文怎麼說

他有追來嗎？
Is he chasing us?

小屋裡傳來激烈的狗吠聲——是亞瑟留下來的那條狗。

「爸爸！爸爸！」我們尖聲大叫，迅速衝進門裡。「我們發現牠了！我們找到雪怪了！」

「爸爸？」

但是小屋裡空蕩蕩的，空無一物……

爸爸不見了？

21.

我的視線在空蕩蕩的小屋裡搜尋著。

「爸爸？爸爸？」

我的心臟漏跳了一拍，喉嚨發乾。

他到哪裡去了？

是出去找我和妮可嗎？會不會在雪地裡迷了路？

「這裡……這裡只有我們了。」我低聲說道。

妮可和我跑到窗口，一層薄薄的雪凝結在窗玻璃上，我們往窗外明亮的陽光中望去。

絲毫沒有發現爸爸的蹤影。

這句英文怎麼說

絲毫沒有發現爸爸的蹤影。
No sign of Dad.

「至少雪怪沒有追來。」我說。

「喬丹，牠爲什麼放下我們？」妮可輕聲問道。

「我想牠是被狗叫聲嚇著了吧！」我回答。

如果狗兒沒叫，怪物會如何對付我們呢？

當這個問題進入我的腦海時，我聽見狗兒又叫了起來，妮可和我都倒抽一口冷氣。

「是雪怪——！」我喊道：「牠又來了！快躲起來！」

我們往四周看去，慌亂的尋找可以藏身的地方。但小屋裡實在太空了——怪物要不了多久就可以找到我們。

「火爐後面！」妮可催促我。

我們衝到那座四方形的小火爐後面，趕緊蹲伏下來。

接著聽見小屋外傳來怪物緩慢沉重的腳步聲。

吱嘎、吱嘎、吱嘎……是牠踩在雪地上的腳步聲。

妮可緊緊抓住我的手，我們僵在原地等待著、聆聽著。

吱嘎、吱嘎……

求求你千萬別進來，求求你千萬別再抓住我們……

我不斷在心裡祈禱著。

腳步聲在門口停了下來，我緊緊閉上眼睛。

剎那間，大門被猛的推開，一陣冷風灌進木屋裡。

「喬丹？妮可？」

是爸爸！

我們從火爐後面跳了出來。爸爸站在那兒，脖子上還掛著相機。

我們一起奔向他，一把抱住了他。

「爸爸！我眞高興是你！」

「嘿！怎麼回事？小傢伙，我還以爲你們在睡覺呢！」他環視小屋。「亞瑟呢？」

「他溜走了！」我上氣不接下氣的喊道：「他駕著雪橇走了，還帶走所有的食物和三條狗。」

這句英文怎麼說

求求你千萬別再抓住我們。
Please don’t capture us again.

「我們追了半天，」妮可接著說，「但還是讓他跑了。」

爸爸臉上滿是訝異，接著又轉爲驚恐。

「我得趕緊發無線電報求救，沒有食物我們是撐不了多久的。」

「爸爸——聽我說，」當他正要去取無線電發報機，我擋在他前面說：「妮可和我——發現了雪怪！」

爸爸繞過我，說：「這不是開玩笑的時候，喬丹。如果我們得不到援助，可能會餓死在這兒！」

「他不是在開玩笑，爸爸！」妮可拉著爸爸的手臂，堅決的說：「我們眞的發現雪怪了，牠住在雪地底下的一個洞穴裡。」

爸爸停下腳步，仔細端詳著妮可。他一向相信她的話，但是這次他不太確定。

「是眞的！」我喊道：「來吧——我們帶你去看！」

妮可和我把他拖出門口。

「喬丹，如果這又是你的惡作劇，那你就倒大楣了。」他警告我，「我們現在處於非常狀況，而且……」

「爸爸，他不是在開玩笑！」妮可不耐煩的喊道，「快來吧！」

我們領著爸爸走進雪地中，來到雪怪放下我們的地方，指著雪怪巨大的腳印。

「我憑什麼相信這是眞的？你今天早上才假造了雪怪的腳印，喬丹，這些只不過是大了一點。」

「爸爸，我發誓——這些腳印不是我弄出來的！」

「我們會帶你去看那個洞穴，爸爸。」妮可向他保證。「跟著這些腳印，你就會看到了。眞是太驚人了！」

我知道爸爸會跟我們來，純粹是因爲妮可堅持要他來。他信賴妮可，因爲妮可從來不跟他開玩笑。

我們頂著風，循著那些巨大的腳印走過雪地。爸爸忍不住對著那些腳印拍照——以防萬一那是眞的。

腳印領著我們回到洞穴，它們消失在地上的一個洞口前面。

「地洞是從這個洞口下去。」我指著洞口對爸爸說。我想爸爸現在應該相信

這句英文怎麼說

我憑什麼相信這是真的？
Why should I believe this?

我們了。

「我們走，下去看看。」他說。

「什麼？」我喊道：「要到下面？要回去找那怪物？」

爸爸已經滑下了洞口，伸手幫助妮可爬下去。

我有些猶豫不前。

「爸爸……等等，你不明白這底下有個怪物！」

「快下來，喬丹。」爸爸催促道，「我要親眼瞧瞧。」

我沒有選擇。無論我說什麼，爸爸是打定主意要進去了。更何況我也不想一個人在外面等，於是跟著爬進洞口。

我們三個一路摸索著，穿過狹窄的通道，來到那個巨大洞穴的入口。

爸爸和妮可緊緊靠在一起，走進那個洞穴。而我卻在洞口停下了腳步，並往洞穴裡頭凝視。

「喬丹，快進來！」爸爸低聲說。

裡頭有個怪物……一頭長著獠牙和利爪的巨大怪獸。

我忍不住打了個冷顫。

我們好不容易才從牠的爪下逃脫出來，爲什麼還要回去？會有什麼事情發生在我們身上？

我有種不妙的感覺——一種非常糟糕的感覺。

這句英文怎麼說

妮可往那冰塊踏近幾步。
Nicole stepped closer to the block of ice.

22.

爸爸一把抓住我的手，把我拖進洞裡。我聽見融化的冰水滴落在牆上的聲音，不住地在黑暗中眨著眼睛。

牠在哪兒？雪怪在哪兒？

我聽見爸爸的照相機喀嚓喀嚓的響個不停。我儘量挨在爸爸身邊，當我看見雪怪時，不由得驚叫出聲，以爲牠會吼叫著向我們撲過來。

但是牠一動也不動的站著，兩眼直視前方。

牠又凍住了！在一塊巨大的冰塊裡。

妮可往那冰塊踏近幾步。

「牠是怎麼把自己凍起來的？」

「太驚人了！」爸爸一邊喊道，一邊拚命按著快門。「眞是不可思議！」

我抬頭凝視怪物的臉——牠從冰塊裡往外瞪著我們，漆黑的眼睛閃閃發光，嘴裡露出獠牙，像是在咆哮著。

「這是有史以來最驚人的發現！」爸爸興奮的呼喊著：「你們知道我們會有多出名嗎？」

他暫時放下相機，抬頭凝視這頭長著褐毛的怪物。

「爲什麼就只是拍照？」他輕聲說道：「我們爲什麼只帶些照片回家，何不把雪怪直接帶回加州呢？你們知道這將會造成多大的轟動嗎？」

「但是——要怎麼帶呢？」妮可問。

「牠是活的……你知道嗎？爸爸。」我提醒他：「我是說，牠能從冰塊裡掙脫出來，到那時候可是很恐怖的。我不認爲你能制服牠。」

爸爸輕輕敲著冰塊，測試它的硬度。

「我們不會讓牠從冰塊裡出來的，至少要等到我們能夠控制牠之後。」

爸爸撫摸著下巴，繞著冰塊走了一圈。

這句英文怎麼說

這是有史以來最驚人的發現！
This is the most amazing discovery in history!

「如果我們把這冰塊鋸小一點，也許就可以塞進那個放補給品的箱子裡，然後我們就可以把封在冰塊裡的雪怪鎖在裡面帶回加州。那箱子是密閉的，因此冰塊不會融化。」

他朝冰塊走近幾步，對著雪怪咆哮的臉孔又拍了幾張照片。

「我們去把箱子拿來，孩子們。」

「爸爸——等等！」我實在不喜歡這個主意。「你不明白，雪怪可能會攻擊我們！牠放走過我們一次，但是我們爲什麼要再冒一次險呢？」

「瞧瞧牠的牙齒，爸爸，」妮可也懇求道：「牠太強壯了，一把就能將我們兩個抓了起來！」

「這個險値得冒，」爸爸堅持道：「你們兩個都沒受傷，不是嗎？」

妮可和我點點頭。

「沒錯，但是……」

「我們走。」爸爸已經打定主意，他不會理會我們的警告的。

我從沒看見他這麼興奮過。當我們匆匆跑出洞穴時，他還回頭對雪怪喊了一聲：「別走開——我們馬上回來！」

我們穿過雪地，奔回小屋。爸爸把裝補給品的大箱子拖了出來，這口箱子的尺寸大約是六英尺長，三英尺寬。

「這應該裝得下雪怪。不過一旦裝進雪怪，這箱子就會變得很重。」

「我們得用雪橇來拉。」妮可說。

「但是亞瑟把雪橇駕走了，」我提醒他們：「所以我想我們只得打消這個主意，不能把雪怪帶回家了，眞可惜。」

「也許這兒還有其他雪橇，」爸爸說，「畢竟這兒以前是馴狗人的休息站呀！」

我想起自己在狗棚裡看見的一架舊雪橇，妮可當時也看見了。她領著爸爸找到了那架雪橇。

「太棒了！」爸爸喊道：「我們趕緊去找那雪怪，免得牠逃跑了！」

我們把拉爾斯——僅剩下的那條狗——套上雪橇，拖著補給箱往洞穴駛去。

之後我們拖著箱子，靜悄悄的走進洞穴。

這句英文怎麼說

我們得用雪橇來拉。
We need the dogsled to pull it.

「小心點，爸爸。」我提醒他，「牠現在說不定已經從冰塊裡出來了。」

但是雪怪依舊站在原處，凍結在那塊大冰塊裡。

爸爸開始用鋼鋸把冰塊鋸成能裝進補給箱的大小。我提心吊膽的走來走去。

「快點，」我低聲說，「牠隨時都有可能會跳出來！」

「這很不好鋸，我已經儘量快了。」爸爸一邊沒好氣的說，一邊拚命鋸著。

此刻每一秒鐘對我來說，都漫長得像是一小時。我仔細盯著雪怪，看牠有沒有任何動靜。

「爸爸，你一定得鋸得那麼大聲嗎？」我抱怨道，「這聲音可能會把牠吵醒的！」

「放輕鬆，喬丹。」爸爸說，他的聲音也是又緊張又尖銳。

接著我聽到「霹啪」一聲。

「小心！」我喊道：「牠要掙脫出來了！」

爸爸站直身子。

「是我不小心把冰塊弄裂了一點，喬丹。」

我仔細盯著怪物，牠並沒有動。

「好了，孩子們，我們準備好了。」爸爸已經把冰塊鋸成一個六英尺長的長方形。「幫我把它抬進箱子裡。」

我打開補給箱的蓋子，妮可和我幫爸爸把冰塊斜放下來，輕輕放進箱子裡。冰塊剛好勉強能塞進箱中。

我們拖著箱子，來到洞穴的出口。爸爸用繩子在箱子上綑了一圈，接著爬出洞口。

「我要把這繩子綁在雪橇上，」爸爸從上面往下喊，「這樣拉爾斯就可以幫我把它拉上來了。」

「嘿，」我對妮可耳語：「我們要不要偷偷放幾顆雪球在箱子裡——只是好玩嘛！回家以後，我們可以用這些雪球扔凱爾和卡拉。這是從雪怪的洞穴中帶出來的雪，他們永遠也比不過我們了！」

「不要——拜託！不要打開箱子。」妮可懇求道：「我們好不容易才把雪怪裝進去的。」

這句英文怎麼說

我們可以塞幾個雪球進去。
We can squeeze a few snowballs in.

「我們可以塞幾顆雪球進去。」我堅持道，並且很快的捏了幾顆雪球，把它們壓緊。接下來我打開箱子，把雪球塞在冰塊旁邊。

我看了怪物最後一眼，瞧瞧牠有沒有動靜——冰塊堅固得很，我們很安全。

「雪球在裡頭不會融化的。」我把箱蓋關上說道。

我們把箱子鎖住，再用繩子綑緊。我感到十分篤定，即使雪怪弄裂了冰塊，也無法從箱子裡掙脫出來。

「準備好了嗎？」爸爸從頂上叫喚：「一、二、三——拉！」

爸爸和拉爾斯用力拉著繩索，把箱子從地面上拉抬起來。妮可和我蹲在下面，用力往上推。

「再來一次！」爸爸大喊：「拉！」

我們用盡全力往上推。

「好重喲！」妮可發著牢騷。

「加油，孩子們！」爸爸再度喊道：「用力推！」

我們用力推了一把，爸爸和拉爾斯終於把箱子拉出洞口。

爸爸癱倒在雪地上。

「咻！」他擦擦額上的汗水，低聲說道：「好了，最困難的部分過去了。」

他幫忙妮可和我爬出洞口。

我們休息了幾分鐘，再把箱子拖到雪橇上。爸爸用繩子把箱子綑牢，拉爾斯把雪橇拉回了小屋。

進了屋裡，爸爸擁抱我們兩個。

「今天眞是個大日子！多棒的一天呀！」

他轉向我說道：「喬丹，你瞧——沒發生什麼可怕的事呀！」

「那是我們運氣好。」我說。

「我睏死了。」妮可說著倒在她的睡袋上。

我往窗外望去，太陽還高高掛在天空，一如往常，但是我知道現在一定非常晚了。

爸爸看看錶。

「已經將近午夜了，你們應該睡一會兒。」他皺皺眉，又說：「不過我可不

這句英文怎麼說

多棒的一天呀！
What a great day!

希望早上醒來沒東西吃。我得發無線電求救，等我們回到鎮上，你們可以再睡個好覺。」

「我們可以住旅館嗎？」我問爸爸。「睡在床上？」

「如果我們找得到旅館的話。」爸爸答應我們。他打開背包，要找無線電發報機。他在背包裡翻來翻去，把東西一件一件拿出來——指南針、備用相機、一盒盒底片、一雙揉成球狀的襪子。

爸爸臉上的表情十分不妙。他把背包翻轉過來，將所有東西都倒在地上，又仔仔細細翻了一回背包，神色變得越來越焦急。

「爸爸，怎麼回事？」

當他轉向我時，滿臉驚恐的表情。

「無線電……」他低聲說：「無線電不見了！」

23.

「不！」妮可和我齊聲大叫。

「我不相信！」爸爸喊道，用拳頭不斷捶打他的空背包。「一定是亞瑟把無線電拿走了，以免我們告發他。」

我重重跺著腳，心裡又氣又怕。我們的狗、我們的雪橇、我們的食物——亞瑟全都帶走了。

現在連無線電也沒了。

亞瑟是想讓我們凍死在這裡嗎？還是餓死？

「冷靜一點，喬丹。」爸爸說。

「但是，爸爸……」妮可插嘴。

這句英文怎麼說

它在你的睡袋裡面！
It's in your sleeping bag!

爸爸朝她噓了一聲。

「等等，妮可，我得趕緊想想辦法。」爸爸在屋子裡到處搜尋。「別慌、別慌，別慌……」他不斷對自己說。

「可是爸爸——」妮可拉著他的袖子說。

「妮可！」我喝斥一聲。「我們麻煩大了，我們可能會死在這兒！」

「爸爸！」妮可堅持道：「聽我說！你昨晚把無線電發報機包了起來，免得它被凍壞了，它在你的睡袋裡面！」

爸爸頓時張大了嘴巴。

「妳說的沒錯！」他喊道，接著快步跑向睡袋，伸手進去。他往睡袋裡掏摸，接著拉出包裹在一條羊毛圍巾裡的無線電發報機。

他打開發報機，調整一下頻道。

「伊克內克，伊克內克。收到了嗎？伊克內克。」

爸爸要求伊克內克機場派給我們一架直昇機，並試著描述我們所在的地點。

妮可和我睡眼惺忪的相視而笑。

「我們要回家了！」她開心的說：「回到晴朗炎熱的帕薩迪納。」

「我要親吻棕櫚樹！」我大聲宣佈：「我再也不要看見雪了！」

但我完全沒料到——我們這趟關於雪的冒險才剛要開始呢！

這句英文怎麼說
這一切彷彿就像是一場夢。
It all seemed like a dream.

24.

「啊——」我滿足的嘆了一口氣。「感覺到陽光了嗎？又熱又舒服。」

「收音機說今天的氣溫是三十八度。」妮可說。

「太棒了！」我開心的說，「我愛熱浪！」

我倒了更多的防曬油，往胸口抹去。

回到帕薩迪納的家裡，我們的阿拉斯加之旅似乎變得很不真實。那寒冷的空氣、白雪、吹過白色凍原的狂風，還有那披著棕毛、不停咆哮的雪怪。這一切彷彿就像是一場夢。

但我知道這不是夢。

爸爸將裝著雪怪的箱子藏在後院的暗房裡，每回我經過那兒，就會想起那次

旅行……想起冰封著、躺在那兒的雪怪，不由得打起一陣寒顫。

我和妮可穿著泳衣，在後院曬著太陽。熟悉而又晴朗的帕薩迪納，永遠、永遠不會下雪的帕薩迪納。

感謝老天！

洛琳來到我們家，要聽我們旅行的故事。我很想告訴她一切經過，但是爸爸叫我們要保密——至少在雪怪被妥善安頓好之前。

「我真不敢相信！」洛琳取笑我們：「一星期前你們還一天到晚嚷著要看雪，現在卻讓太陽把你們曬成了人乾！」

「嗯，我們已經體驗過寒冷，現在則是在享受熱浪。」我對她說，「總之，我已經看夠了雪，這輩子都用不著再看了。」

「說說你們這趟旅行的事，」洛琳堅持道：「原原本本的告訴我！」

「那是個大祕密。」妮可對她說，並和我對望了一眼。

「祕密？什麼樣的祕密？」洛琳追問。

在我們開口回答之前，爸爸從暗房裡走出來。他身穿羽絨夾克，還戴著滑雪

這句英文怎麼說

原原本本的告訴我。
Tell me everything.

帽和手套，在陽光下瞇著眼睛。他把暗房裡的冷氣開到最大，還用冰袋堆在箱子上，好讓雪怪保持寒冷。

「我要進城去了。」他一邊脫下外套，一邊對我們說。

爸爸要到洛杉磯去會見一些科學家和野生動物專家。他要把雪怪交給合適的人，並確定雪怪會被妥善的對待。

「我不在的時候，你們不會有事吧？」他問道。

「當然。」妮可回答：「我們連阿拉斯加的凍原都經歷過了，我想我們在自家後院待一個下午應該沒什麼問題吧！」

「我媽媽在家，」洛琳說，「如果我們有什麼事可以找她。」

「很好。」爸爸點點頭，「好了，我走了，但是記住——喬丹和妮可，你們有在聽嗎？別碰那個補給箱，離它遠一點——知道嗎？」

「知道了，爸爸。」我答應爸爸。

「很好，我會帶披薩回來當晚餐。」

「祝你好運！爸爸。」妮可喊道。

我看著爸爸跳上車子，開車走了。

「到底是什麼大祕密？」爸爸一走，洛琳立刻又問：「補給箱裡裝著什麼？」

妮可和我對望了一眼。

「說吧！說出來吧！」洛琳慫恿著，「除非你們告訴我，否則我絕不罷休。」

我快忍耐不住了，一定得告訴某人才行。

「我們找到牠了！而且還把牠帶回來。」

「找到什麼？」

「雪怪！」妮可大聲說：「傳說中的雪怪！」

洛琳翻翻眼珠。

「是喔！那你們有沒有找到牙仙（註）呢？」

「有呀！我們也找到了。」我開玩笑道。

「牠現在正躺在暗房裡。」妮可對洛琳說。

洛琳臉上滿是疑惑。

「誰？——牙仙嗎？」

這句英文怎麼說

到底是什麼大祕密？
What's the big secret?

「不，是雪怪——活生生的雪怪。」我說，「牠被封在一塊冰塊裡。」

還有四、五顆雪球。

我在心裡對自己說。

我可以用這些雪球來扔洛琳，給她來個小小的驚嚇。

「證明給我看。」洛琳仍質疑道：「這全是你們編出來的，你們自以爲很有趣。」

妮可和我對望了一眼，我知道她在想什麼——爸爸剛剛才吩咐我們不要去碰那個箱子。

「你們兩個就跟米勒雙胞胎一樣壞。」洛琳指責我們。

但這句話生效了。

「來吧！」我說：「我們帶妳去看。」

「我們最好不要，喬丹。」妮可提出異議。

「不會怎麼樣的。」我向她保證：「我們只把蓋子掀開一道縫，讓洛琳看看牠，再趕緊關上，不會有什麼問題的。」

我從躺椅上爬了起來，穿過草坪往暗房走去。

妮可和洛琳跟在我後面。

我知道她們會跟來。我打開暗房的門，扭亮電燈，一股冷空氣迎面撲來，刺痛了我赤裸的胸膛。

妮可在門口遲疑不前。

「喬丹，也許我們不該這麼做。」

「噢，拜託，妮可！」洛琳責怪她：「根本就沒有什麼雪怪，你們兩個眞可笑！」

「我們才不可笑！」妮可反駁道。

「我們讓她自己看看，妮可。」我說。

妮可沒有回答。

她踏進暗房，關上了門。

我身上只穿著泳褲，被冷氣吹得直發抖，簡直就像回到了阿拉斯加。

我跪坐在那口大箱子旁邊，伸手打開鎖。

我慢慢的、小心的抬起沉重的箱蓋，往裡頭瞧去。
緊接著，我發出一聲令人毛骨悚然的尖叫。

註：「牙仙」是西洋傳說中的一種小精靈，據說小孩將拔下來的牙齒放在枕頭底下，「牙仙」就會用錢來跟他換。

這句英文怎麼說

你們兩個真可笑！
You two are ridiculous!

25.

妮可和洛琳也大聲尖叫，隨即往後一跳。

妮可砰的一聲，撞上牆壁。

洛琳則躲到沖洗照片的工作檯底下。

我再也假裝不下去了，忍不住大笑起來。

「嚇著妳們了！」我開心的大喊，得意極了。

我把她們嚇個半死，兩人簡直比躺在冰塊裡的雪怪還要僵硬。

「喬丹——你這變態！」妮可生氣的罵著，在我背上捶了一記。

洛琳也捶了我幾下，再朝著打開的箱子裡看去。

接著她又發出一聲尖叫。

這句英文怎麼說

她走近幾步，往下凝視著他。
She stepped closer and stared down at him.

「是眞的！你們——你們不是在開玩笑！」

我可以看見她正用力喘著氣。

「別害怕，洛琳。」我安慰她：「牠不會傷害妳的，牠被凍起來了。」

她走近幾步，往下凝視著牠。

「牠好大喲！」她一臉驚異的喊著：「牠的眼睛是睜著的，看起來好凶惡！」

「關上蓋子，喬丹。」妮可堅決的說：「快點，我們看夠了！」

「現在妳相信我們了吧！」我問洛琳。

她點點頭。

「眞是……眞是嚇人！」她又搖搖頭，因爲眼前驚人的景象而目瞪口呆。

在我關上蓋子之前，我偷偷從箱底摸出兩顆雪球，竊笑著給了妮可一個。

「什麼事情那麼好笑？」洛琳懷疑的問。

「沒什麼。」我闔起箱蓋，把鎖鎖上。

這可以關住牠，我們很安全。

爸爸永遠也不會知道我們偷偷瞧過這怪物。

我們出了暗房，小心的把門關好。

「這怪物眞是太驚人了！」洛琳繼續驚嘆道，「你爸爸打算怎麼處置牠？」

「還不確定。」妮可回答：「爸爸還在考慮。」

她把手藏在背後，不讓洛琳看見雪球。

突然間，她大喊一聲：「嘿，洛琳！小心！」

她把雪球扔向洛琳，可惜沒丟中。

啪啦！雪球擊中一棵樹。

「好準呀！厲害！」我挖苦的喊道。但我隨即張口結舌，驚訝的盯著那棵樹。

那顆雪球——它並沒有掉到地上……它開始長大！

厚厚的白雪快速沿著樹幹往上蔓延，接著裹住了樹枝。不過幾秒鐘的時間，整顆樹都被白雪覆蓋住了。

「哇！」洛琳喘著氣說：「妮可——妳是怎麼辦到的？」

妮可和我張大了嘴巴，盯著那棵被雪包裹住的樹。

我簡直嚇呆了，雪球從我手中滾落下來。

這句英文怎麼說

她把雪球扔向洛琳，可惜沒丟中。
She threw the snowball at Lauren. It missed.

當它落到地上時，我往後一跳——白雪迅速蔓延開來！

「噢，哇！」我一邊尖叫，一邊看著冰雪像白色的毯子般沿著草坪覆蓋過去。它蔓延到我們赤裸的腳下，再蔓延到車道上，甚至蔓延到街上。

「噢——噢！好冷喲！」妮可哀叫著，兩隻腳輪流跳個不停。

「這太奇怪了！」我喊道：「這裡的氣溫有三十八度——但雪卻不會融化！它一直在蔓延——而且越積越厚！」

我轉過頭來，看見洛琳手舞足蹈、旋轉蹦跳著。

「雪耶！雪耶！」她開心的叫著：「太棒了！帕薩迪納的雪！」

「喬丹——」妮可小聲的說：「這不太對勁，我們不該把這些雪帶出那個洞穴……這不是普通的雪。」

妮可說的當然沒錯。雪怪居住的洞穴一定是個奇特的地方，但是我們怎麼料得到呢？

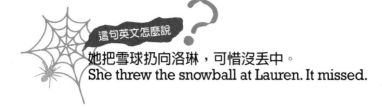

「我們來堆個雪人吧！」洛琳興奮的叫喊著。

「不！」妮可警告她：「別碰它！什麼也別做，洛琳，至少在我們搞清楚以前。」

我不認爲洛琳有聽見妮可的話，她太興奮了，朝灌木叢踢起一堆雪花，那叢灌木立刻就被凍住了。

「我們該怎麼辦？」我問妮可。「爸爸回到家時會怎麼樣？他會宰了我們！」

妮可聳聳肩。

「我也不知道。」

「但是……妳不是一向都很聰明……」我氣急敗壞的說。

「眞是太酷了！」洛琳不停叫嚷著：「帕薩迪納的雪！」她抓起一把雪，用雙手捏成雪球。「打雪仗囉！」她大喊著。

「住手，洛琳！」我喝斥道：「我們有大麻煩了，妳難道不明白——」

洛琳把雪球扔到妮可身上。

就在這一瞬間，厚厚的白雪蔓延到妮可全身，把她整個包裹起來，直到她看起來就像是個雪人！

「妮可！」我嚇得大喊，踏著滿地的白雪跑到她身邊。「妮可——妳沒事吧？」

這句英文怎麼說

你不是一向都很聰明。
You're supposed to be the brain.

我抓住她的手臂，卻發現她的手臂像冰塊一樣僵硬。

她被牢牢凍住了！

「妮可！」我盯著她被雪覆蓋住的眼睛。

「妳聽得見我說話嗎？妮可，妳在裡面能呼吸嗎？妮可！妮可……」

26.

「噢，不！」洛琳尖叫出聲，「我做了什麼？」

我妹妹變成一尊雕像——一尊覆滿白雪的冰雕。

「妮可，對不起，」洛琳喊道：「妳能聽見我說話嗎？我很抱歉……」

「我們先把她抬進屋裡，」我慌亂的提議道，「如果把她搬進暖和的屋子裡，也許可以把雪融化掉。」

於是洛琳抓住妮可的一隻胳臂，我抓起另一隻，兩人小心翼翼的將她僵硬的身體拖進屋裡。她赤裸的腳趾像冰塊一樣硬，在雪地上劃下一道長長的痕跡。

「她的身體好冰喔！」洛琳喊道：「我們要怎麼做才能把雪融化掉？」

「我們把她搬到爐子旁邊，」我說，「也許把火力開到最大，就能把雪融掉。」

這句英文怎麼說

她的身體好冰喔！
She is so freezing!

我們把她放在爐子前面，我把爐灶上所有的爐火全都扭開，火力開到最強。

「這樣應該就行了。」一顆汗珠從我的臉上流淌下來，是因爲熱氣——還是因爲焦慮？

洛琳和我目不轉睛的看著、等著，看著、等著……我一動也不動，屏氣凝神的等候著。

但是雪沒有融化。

「這不管用，」洛琳呻吟道：「一點動靜也沒有。」

我敲敲妮可的手臂，還是像冰塊一樣堅硬。

我努力保持冷靜，卻覺得胃裡好像有一百隻蝴蝶在跳踢踏舞。

「好吧！這不管用。我們得試試別的辦法，試試別的辦法……」

幾滴淚水滾落洛琳的臉頰。

「什麼辦法？」洛琳用顫抖的聲音問。

「嗯……」我拚命思索哪兒是最熱的地方。

「焚化爐！我們把她抬到焚化爐前面！」

我們又把妮可拖到車庫後面的焚化爐旁。這冰塊似乎有一噸重，我們費盡全力才勉強拖動它。

我把焚化爐的火力開到最大，洛琳扶著妮可，站在打開的爐口前面。霎時，一股熱風逼得我和洛琳搖搖晃晃的倒退幾步。

「如果這也不管用，就沒有別的法子了。」洛琳嗚咽的說。

熱氣從爐口轟轟的直冒出來，我在妮可結冰的臉上看見紅色火焰的倒影。

我的心臟怦怦跳著，目不轉睛的盯著妮可，希望看見冰雪開始融化，從她身上滑落下來。

但冰雪還是沒有融化，我妹妹仍然像是一支「人形的雪糕」。

「喬丹——我們現在該怎麼辦？」洛琳哀叫著。

我搖搖頭，努力思索著。

「焚化爐不管用，還有什麼東西是很熱的？」我既驚慌又害怕，根本沒辦法好好思考。

「別擔心，妮可，」洛琳對我凍成冰棒的妹妹說：「我們會救妳出來的——

這句英文怎麼說

如果這也不管用，就沒有別的法子了。
If this doesn't work, nothing will.

總會有辦法的。」

突然間，我記起當雪怪拎著我們走過阿拉斯加的凍原時，牠的身體是多麼的溫暖——那時我們四周都被冰雪包圍，氣溫零下二十幾度，但是熱氣卻不斷從雪怪身上湧出來。

「快來，洛琳，」我對她指揮道：「我們快把妮可搬進暗房裡。」

我們費勁的把妮可拖過後院，來到暗房中。

「待在這兒別動，我馬上回來。」我對洛琳說。

我衝進廚房，打開所有的櫥櫃和抽屜，焦急萬分的尋找一樣東西——綜合果仁。

拜託、拜託……家裡一定要有包綜合果仁！

我暗自祈禱著。

「找到了！」我在一盒義大利麵後面發現一袋綜合果仁，我一把抓起袋子，飛奔回到暗房。

「那是什麼？」洛琳盯著我手裡的袋子問。

「綜合果仁。」

「綜合果仁？喬丹，你不能等一會兒再吃嗎？」

「不是我要吃的——是要給牠的。」我指指那口箱子。

「什麼？」

我開了鎖，拉開箱蓋。雪怪跟之前一樣躺在裡面，凍結在冰塊裡。

我抓起一把果仁，在雪怪面前搖晃。

「醒來！」我請求道：「求求你快醒來！你看——我給你帶來一些綜合果仁了！」

「喬丹——你瘋了嗎？」洛琳尖聲喊叫：「這到底是在幹什麼？」

「我想不出別的辦法來救妮可了！」我喊道。

當我狂亂的在雪怪面前搖晃綜合果仁時，雙手也抖個不停。

「來呀！你不是最喜歡吃綜合果仁。醒來！求求你快醒醒！出來幫幫我們！」

我斜靠過去，用力盯著雪怪的眼睛，看看牠有沒有眨眼，瞧瞧牠有沒有任何動靜。但是牠的眼睛一動也不動，毫無生氣的從冰塊裡頭向外瞪視。

這句英文怎麼說

我想不出別的辦法來救妮可了！
I can't think of any other way to save Nicole!

我不肯放棄，繼續慌亂的高聲喊道：「好吃、好吃！綜合果仁耶！好好吃喲……」我丟了幾粒葡萄乾到嘴巴裡，用力咀嚼著。「嗯——嗯！美味的綜合果仁，眞好吃！眞香甜！來吧——快醒來嚐嚐看！」

「牠一動也不動……」洛琳啜泣著，「放棄吧！喬丹，沒有用的。」

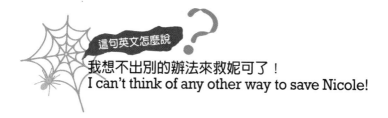

27.

當我聽到「喀」的一聲輕響，不由得跳了起來。

我注視著那塊冰塊。

怪物動了嗎？

沒有，現在一點聲音也沒有。雪怪的黑眼珠閃閃發光的對著我，空洞而毫無生氣。

是我自己想像出來的嗎？

洛琳說的對，我的計劃不管用。

我悲哀的想著。

什麼辦法都不管用……

這句英文怎麼說

是我自己想像出來的嗎？
Was it my imagination?

我輕輕碰觸妹妹冰冷僵硬的手臂，心中希望著：也許等到爸爸回來，他就能想出辦法來救她。

「我們現在該怎麼辦？」洛琳不斷的啜泣，一點也幫不上忙。

喀啦！

我又聽見了——這次聲音大了些。

緊接著又傳出「霹——哩——啪——啦」！一長串爆裂聲劃破了冰塊。

雪怪呻吟一聲。

洛琳狂叫出聲，向後一跳。

「牠是活的！」

冰塊裂了開來，毛茸茸的雪怪一邊呻吟，一邊慢慢的坐了起來。

洛琳害怕得叫了起來，身體緊緊靠在暗房的牆上。

「牠要做什麼？」

「噓——」

雪怪抖掉肩膀上的冰塊碎片，爬出箱子，發出一聲低低的號叫。

「喬丹，小心！」洛琳喊道。

雪怪搖搖晃晃的向我撲來，我的心臟險些跳了出來。我想要後退——或是逃走，但是我不能，我必須留下來救妮可。

「呃……」雪怪咕噥著，一隻巨大的爪子朝我揮來。

洛琳又發出一聲刺耳的尖叫。

我往後一跳。

這怪物想要做什麼？

「呃——！」雪怪又吼了一聲，爪子再度朝我揮來。

「我們快逃出去！」洛琳大喊：「牠會傷害你的！」

我想要逃跑，但是妮可……

雪怪又朝我揮打過來——把那袋綜合果仁從我手裡搶走。

我突然了解牠要做什麼了，牠只是想要綜合果仁。

牠把果仁一股腦兒倒進嘴裡，狼吞虎嚥的吞下肚去，再把袋子扔開。

洛琳整個人緊緊靠在暗房的牆角，喊道：「快把牠弄回箱子裡去！」

這句英文怎麼說

快把他弄回箱子裡去！
Make him go back into the trunk!

「妳瘋了嗎？我怎麼弄呀？」

雪怪咆哮一聲，搖搖晃晃的走著。

牠沉重的腳步震動了地板，在妮可面前停了下來。

接著牠伸出強而有力的臂膀，圈住妮可被冰雪覆蓋的身體之後，收緊手臂。

「快阻止牠！」洛琳尖聲大叫：「牠要壓扁妮可啦！」

28.

我無法動彈，目瞪口呆的看著這一幕。

巨大的雪怪緊緊抱著妮可，並將她抱離了地面。

「住手！」我終於擠出這幾個字：「你會弄傷她的！」

我無暇顧慮自身的危險，往前撲過去，用雙手抓住牠毛茸茸的胳臂，奮力的要把牠從我妹妹身上拉開。

雪怪生氣的呼嚕一聲，一把將我甩開。

我踉蹌著後退幾步，撞在洛琳身上。

當我轉過頭來，看見雪怪緊緊抱著妮可。

「喬丹——你看！」洛琳指著地面說道。

這句英文怎麼說

他在給她解凍了！
He's defrosting her!

我注視著地面，看見妮可腳底下有一小灘水——水從她身上滴下來，流到地板上。水滴一碰到地板，就開始蒸發，消失不見了。

我是不是看見妮可的腳趾動了一下？

沒錯！

我走近幾步，往她臉上看去，只見一抹紅暈出現在她的臉頰上。

好耶！

大塊、大塊的雪開始從她身上掉落，砸在地板上，最後融化、消失。

「成功了！牠在給她解凍了！」我轉向洛琳，高興的喊著。

洛琳憂慮的臉上閃過一抹顫抖的微笑。

幾秒鐘後，雪怪放開了妮可。冰雪全都融化、消失了，雪怪發出一聲滿足的呼嚕聲，往後退了一步。

妮可僵硬的動動手臂，揉揉自己的臉，彷彿剛從睡夢中醒來。

「妮可！」我喊了一聲，抓住她的肩膀——

暖的！她的肩膀是溫暖的。

「妳沒事吧？」

「發生了什麼事？」她茫然的搖搖頭。

洛琳跑到妮可面前，一把摟住她說：「妳被冰凍起來了！像雪怪一樣被凍起來了！但是感謝老天——妳現在沒事了……」

我轉過頭來，看見雪怪正望著我們。

「謝謝你。」我對牠喊道。

我不知道牠聽不聽得懂，牠只是呼嚕了一聲。

「我們出去吧！」洛琳催促道：「我快凍死了！」

「也許陽光能讓妳暖和起來。」我對她說。

我們打開暗房的門，走出屋外。陽光依舊高照，四周的空氣熱得讓人透不過氣來，不過整個院子裡仍然覆滿白雪。

「哦，我倒忘了這個。」洛琳低聲說。

「嘿——」

當我看見雪怪躍出暗房，不由得叫出聲來。

這句英文怎麼說

也許陽光能讓你暖和起來。
Maybe the sun will warm you up.

「牠要逃走了！」我尖叫著。

「爸爸會宰了我們的！」妮可喊道。

我們三個人全都對著雪怪大叫大嚷。

牠不理會我們的叫喊，重重的踏過雪地。牠看見那棵被雪覆蓋的樹，黑色的眼睛瞇了起來，緩緩走過去。接著牠用雙手圍起那棵樹，緊緊的抱著它，就像牠剛才抱住妮可那樣。

我看著樹上的白雪緩緩融化，白色的冰毯也不斷向下滑落，逐漸消融——直到那棵樹又變回金綠色，矗立在豔陽下。

「哇！」我用雙手捂著臉頰，喊出聲來。

但是這頭毛茸茸的巨大怪獸，還有更多的驚奇讓我們拭目以待呢！

牠大哼一聲，跌坐在雪地上，在我們訝異的注視下，在雪地裡打起滾來。白雪似乎都黏在牠的毛皮上，當牠滾著、滾著，冰雪也在牠身體底下慢慢消融。不一會兒，這頭巨獸的身體底下變成一片綠草，所有的冰雪都消失無蹤了。

牠跳起身來，突然張大眼睛，發出一聲痛苦的呼號。

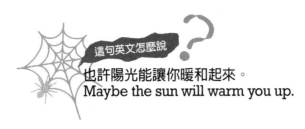

「牠怎麼了？」洛琳問道。

雪怪驚異的環顧四周，看著綠色的草地，還有棕櫚樹。牠抬起眼睛，看著熾烈的太陽。

牠抓住自己長滿長毛的頭顱，發出一聲驚恐的呼號。

剎那間，牠顯得十分困惑、害怕。接著，牠發出一聲深沉的咕噥，拔腿沿著街道狂奔起來。

牠巨大的腳掌重重的踏在人行道上，砰砰作響。

我趕緊追了過去。

「等等！快回來！」

牠穿過某個人家的院子，還是不停的飛奔著。

最後我放棄了，因爲我根本追不上牠。

妮可和洛琳也追了上來。

「牠要上哪兒去？」妮可問道。

「我怎麼知道？」我用力喘著氣，沒好氣的說。

這句英文怎麼說

這全是我們的錯。
It was all our fault.

「我想牠是要去找個冷一點的地方。」洛琳說。

「也許妳說的對，牠一定是熱壞了，帕薩迪納不是適合雪怪待的地方。」妮可同意洛琳的說法。

「牠或許會在山裡找個洞穴，」我說，「那兒會涼快得多。我只希望牠有辦法弄到綜合果仁。」

我們踏著沉重的腳步走回院子。院子呈現一片翠綠，而且很熱。我知道妮可和我心裡想著同一件事——要怎麼跟爸爸交代。

他吩咐我們不要碰那個箱子，而我們卻沒理會他的警告。

現在雪怪跑走了，那是爸爸的大發現，爸爸成名的大好機會。

沒了，永遠沒了……

這全是我們的錯。

「至少爸爸還有照片，」我輕聲說：「單憑那些照片就足以讓所有人目瞪口呆了。」

「我想是吧！」妮可緊張的咬著下唇回道。

我們走回暗房，關好補給箱。我往箱子裡瞥了一眼，還有兩個魔法雪球留在裡面。

「這東西很危險，我們最好把它扔了。」妮可警告著。

「我不要碰它們。」洛琳退後一步。

「妳說的對。」我對妮可說：「我們應該把它們藏起來，它們太危險了，不能亂放。」

妮可跑進屋裡，拿了一個特厚的垃圾袋出來。

「快點——放進裡面。」

我小心翼翼的把雪球一個一個取出來，丟進垃圾袋裡，再把袋口扭緊，牢牢打了一個結。

「現在怎麼辦？」洛琳問道。

「我們應該把它們發射到外太空，」妮可說，「如果有人拿到它們，讓雪到處蔓延開來，我們麻煩就大了。只有雪怪才能把雪融化——而牠現在又不見了。」

「這樣帕薩迪納就可以成爲滑雪聖地了！」我開著玩笑：「我們可以在凱爾

這句英文怎麼說

我們應該把這些雪球埋起來。
We should bury the snowballs.

和卡拉家的游泳池上溜冰。」

我打了個冷顫。我不喜歡想到凱爾和卡拉，也不喜歡想到雪。

「我們應該把這些雪球埋起來，」我對她們說，「但是埋在哪裡好呢？」

「別埋在我家院子裡！」洛琳搶先聲明。

我也不想把它們埋在我家院子裡。

它們在地下會怎樣呢？

會讓冰雪在地底下蔓延開來嗎？雪會穿過草地冒上來嗎？

我們走出暗房，在附近搜尋著，想要找到一個好的埋藏地點。

「那塊空地怎麼樣？」妮可建議道。

在街道對面，凱爾和卡拉家旁邊有一塊空地。那片空地上除了沙堆和幾個空瓶子外，什麼也沒有。

「太完美了！」我說，「永遠不會有人發現雪球藏在那兒的。」

妮可快步走到車庫拿了一把鏟子，我們走過街道，不住的向四面張望，好確定沒人看見我們。

「附近一個人也沒有。」我說。

我抓起鐵鏟，在沙土裡挖了一個很深的洞。這比我想像中花了更久的時間，因爲沙子不斷掉回坑洞裡。

終於，洞挖得夠深了。

妮可把垃圾袋扔進洞裡。

「再見，雪球，」她說：「再見，阿拉斯加！」

我用沙土把坑洞掩埋起來。洛琳把地面抹平，這樣就看不出沙地曾經被挖掘過了。

「呼！」我擦掉臉上的汗水，呻吟了一聲。「眞高興一切都結束了，我們進屋涼快去吧！」

我把鏟子放回原處，妮可、洛琳和我給自己倒了些冰涼的蘋果汁後，癱倒在電視機前。

不久，我聽見爸爸的車開上了車道。

「哦——哦！」洛琳倒抽一口氣，說：「我想我最好先回家，待會兒見。」

這句英文怎麼說

爸爸會有多生氣？
How angry will Dad be?

說完便匆匆從後門出去。

「祝你們好運！」她對我們喊一聲，後門在她身後砰的一聲關上。

我緊張的瞥了妮可一眼。

「爸爸會有多生氣？他發現一隻驚人的稀有生物，把牠帶回家來——我們卻把牠放了，讓牠逃走了。這聽起來不會太糟——對不對？」

妮可打了個寒顫說：「也許我們告訴他事情的前因後果，他會很高興我們沒有受傷，就不會生氣了。」

「嗯……是呀，也許。」

前門被推開來。

「嘿，孩子們，」爸爸喊道，「我回來了！我們的雪怪還好吧？」

29.

那天傍晚，我們很早就吃了晚飯。大家在餐桌上都很安靜。

「我很高興你們都平安無事。」這是爸爸第五遍說著同樣的話，「這是最重要的。」

「是呀。」妮可嚼著她的披薩。

「嗯，嗯……」我也輕聲附和。我通常能吃三片披薩，今晚卻連一片也吃不下，還把外面那層麵皮留在盤子裡。

可憐的爸爸，他努力讓自己不要因爲失去雪怪而沮喪，但是我和妮可都知道他有多麼鬱卒。

爸爸把一片吃了一半的披薩扔在盤子裡。

這句英文怎麼說

我很高興你們都平安無事。

I'm glad you kids are safe and sound.

「我得告訴自然歷史博物館，他們只能展出照片了。」

「有照片總比什麼都沒有好。」我說。

「比什麼都沒有好？你瘋了嗎？」妮可喊道：「那些照片將會震驚全世界！」

爸爸突然精神一振。

「沒錯，我對一些電視製作人提過這些照片，他們都興奮極了。」

他站起身來，把盤子拿到水槽。

「我想我現在就去暗房把那捲底片洗出來，那些照片會讓我開心起來……我是說，它們可是劃時代、空前絕後的！」

我很高興看見爸爸擺脫了沮喪。

妮可和我跟在他後面，急著想看到那些照片。

當爸爸沖洗照片時，我們安靜的坐在紅燈下。過了一會兒，他終於從化學浸液中夾出第一組照片。

妮可和我靠過去看那些照片。

「啊？」爸爸發出一聲驚呼。

照片上只有白雪，除了雪還是雪……十張只有白雪的照片！

「太奇怪了！」爸爸艱難的擠出這幾個字，「我不記得自己有拍過這些照片。」

妮可惡狠狠的瞪了我一眼。我知道她在想什麼，趕緊無辜的舉起雙手說：「我沒有惡作劇，我發誓！」

「最好沒有，喬丹。」爸爸嚴厲的警告我：「我現在可沒心情開玩笑。」爸爸又轉向工作檯，沖洗另一組照片。

當他取出濕答答、滴著水的照片時，我們全都瞇起眼睛注視著。

然而照片上還是一片白雪。除了雪之外，什麼都沒有。

「不可能！」爸爸尖聲叫道，指著照片又說：「那雪怪——牠應該站在這裡的！」

當他抓起其餘的底片，對著紅燈舉起來時，雙手竟止不住的顫抖著。

「凍原的照片沒有問題，」他說道：「那些馴狗、雪橇，還有麋鹿群——都在那兒，都很完美，但是雪怪洞穴的照片卻……」

這句英文怎麼說

我現在可沒心情開玩笑。
I'm in no mood for kidding around.

他越說越小聲，接著悲哀的搖了搖頭。

「我不明白，我就是不明白……這怎麼可能？沒有一張照片有照出雪怪，一張也沒有！」

我嘆了一口氣。我爲爸爸難過，也爲我們三個人難過。

雪怪不見了，雪怪的照片也沒有了。

就好像牠從來不曾存在過一樣，彷彿整件事情從未發生過似的。

妮可和我把爸爸留在暗房做完他的工作。

我們踏著沉重的步伐繞過屋子，來到前院。

妮可突然呻吟一聲，抓住我的手臂。

「噢，不——你看！」

在對街那片空地上，我看見米勒家的雙胞胎跪在地上，挖掘著沙地。

「他們在挖雪球！」我倒抽一口氣。

「這兩個渾球！」妮可大喊：「我們埋掉雪球的時候，他們一定在偷看。」

「我們得阻止他們！」我喊道。

我們用最快的速度跑過馬路。

我看見凱爾扯開垃圾袋——抓出一個雪球。他把手臂向後揮出，瞄準卡拉——

「不——凱爾！住手！」我尖聲大叫：「別扔！住手！別扔那雪球，凱爾！」

啪嗒——

從小到大，我一直夢想能看到雪。
All my life, I've wanted to see snow.

有時候，我真希望她從未被生下來。
Sometimes I wish she'd never been born.

你有去滑雪嗎？
Did you go skiing?

什麼東西奇怪？
What's weird?

這件事跟我完全無關。
I had nothing to do with it.

喬差點當場精神崩潰。
Joe practically had a nervous breakdown.

我可不敢保證。
Speak for yourself.

我們去騎車吧！
Let's ride our bikes!

米勒家的雙胞胎最愛惡作劇了。
The miller twins love practical jokes.

你們渾身都濕透了。
You're all wet.

希望你們有倒車檔。
Hope you have reverse gear.

真是個膽小鬼！
What a chicken!

你們真幸運！
You guys are so lucky!

真是天大的笑話！
What a joke!

- 接招！
  Take that!
- 我希望這兒有餐廳。
  TI hope there's a restaurant down here.
- 某個巨大的東西隱隱浮現在跑道末端。
  Something big loomed at the end of the runway.
- 北極熊是這個小鎮的象徵。
  The polar bear is the symbol of the town.
- 這一定是我們的嚮導了。
  This must be our guide.
- 你曾經見過我們要找的雪地生物嗎？
  Have you ever seen this snow creature we're looking for?
- 他們再也沒有回來。
  They never came back.
- 我想叫你什麼隨我高興。
  I'll call you what I please.
- 我們很快就會知道了。
  We would soon find out.
- 萬一我們迷路？
  In case we get lost?
- 亂叫綽號是很幼稚的。
  Name-calling is so immature!
- 我要怎麼樣才能出去呢？
  How would I ever get out of here?
- 你確定你沒事嗎？
  You sure you're all right?
- 我們走太久了。
  Took us too long to get here.

你很清楚這裡不會有熱水的。
You know perfectly well there's no hot shower.

我們的處境非常危險！
We're in terrible danger!

他這問題的答案是否定的。
The answer to his question was no.

我們的確有很好的理由。
We've got a good reason.

狗兒拒絕往前走。
The dogs refused to go farther.

我們該怎麼辦？
What are we going to do?

不許討價還價！
No arguments.

真有意思！
Interesting!

不知道他為什麼去了那麼久？
I wonder what's taking him so long?

我們出去堆個雪人或什麼的。
Let's go outside and build a snowman or something.

他帶走了我們的食物。
He's got our food.

我們追不上他的。
We can't catch him.

不要放開我！
Don't let go of me!

我們被困在地底下了！
We're trapped down here!

我們跌進一片全然的漆黑中。
We stumbled forward into total darkness.

現在我們該怎麼辦？
What do we do now?

我們無路可走了。
We're trapped.

現在不是上生物課的時候。
There is no time for biology lessons.

怪物要掙脫出來了！
The monster is breaking out!

他正在搜尋我們。
He's searching for us.

只見他用一隻爪子把帆布背包撕裂。
With one claw he sliced open the canvas backpack.

請不要吃掉我們！
Please don't eat us!

冰冷的空氣迎面襲來。
Cold air blasted me in the face.

他有追來嗎？
Is he chasing us?

絲毫沒有發現爸爸的蹤影。
No sign of Dad.

求求你千萬別再抓住我們。
Please don't capture us again.

我憑什麼相信這是真的？
Why should I believe this?

妮可往那冰塊踏近幾步。
Nicole stepped closer to the block of ice.

- 這是有史以來最驚人的發現！
  TThis is the most amazing discovery in history!
- 我們得用雪橇來拉。
  We need the dogsled to pull it.
- 我們可以塞幾個雪球進去。
  We can squeeze a few snowballs in.
- 多棒的一天呀！
  What a great day!
- 它在你的睡袋裡面！
  It's in your sleeping bag!
- 這一切彷彿就像是一場夢。
  It all seemed like a dream.
- 原原本本的告訴我。
  Tell me everything.
- 到底是什麼大祕密？
  What's the big secret?
- 你們兩個真可笑！
  You two are ridiculous!
- 她走近幾步，往下凝視著他。
  She stepped closer and stared down at him.
- 她把雪球扔向洛琳，可惜沒丟中。
  She threw the snowball at Lauren. It missed.
- 你不是一向都很聰明。
  You're supposed to be the brain.
- 她的身體好冰喔！
  She is so freezing!
- 如果這也不管用，就沒有別的法子了。
  If this doesn't work, nothing will.

快把他弄回箱子裡去！
Make him go back into the trunk!

他在給她解凍了！
He's defrosting her!

也許陽光能讓你暖和起來。
Maybe the sun will warm you up.

這全是我們的錯。
It was all our fault.

我們應該把這些雪球埋起來。
We should bury the snowballs.

爸爸會有多生氣？
How angry will Dad be?

我很高興你們都平安無事。
I'm glad you kids are safe and sound.

我現在可沒心情開玩笑。
I'm in no mood for kidding around.

木偶驚魂II
Night of the Living Dummy II

「它」，又回來了！?

愛梅的父親送給她一個新的腹語術木偶。
這個叫「小巴掌」的二手木偶模樣真是不好看，
可是愛梅仍舊開心的和它練習新的表演。
但是，自從這個木偶被帶回家之後，
愛梅家開始發生一些離奇的怪事，
恐怖的事件也接二連三的發生了……

小心雪人
Beware, the Snowman

這裡的雪人，怪怪的……

賈西琳跟桂塔阿姨搬到了一個叫「雪比亞」的地方，
在這裡，沒有電影院、沒有購物中心，什麼都沒有，
而且最詭異的是，到了夜裡，村中會聽到奇怪的嚎叫聲，
家家戶戶門口都有個圍著紅圍巾，臉上刻著深疤，
笑容詭異的怪雪人。這個邊陲小鎮似乎隱藏了一個
跟巫師有關的祕密，但每個人都絕口不談……

每本定價 199 元

雞皮疙瘩系列 13

雪怪復活記

原著書名——The Abominable Snowman of Pasadena
原出版社——Scholastic Inc.
作　　者——R.L. 史坦恩（R.L.STINE）
譯　　者——孫梅君
責任編輯——劉枚瑛、何若文
文字編輯——艾思

國家圖書館出版品預行編目 (CIP) 資料

雪怪復活記 / R.L. 史坦恩 (R.L. Stine) 著；孫梅君譯.
-- 2 版. -- 臺北市：商周出版：家庭傳媒城邦分公司發行,
民 104.11 184 面； 14.8x21 公分. -- (雞皮疙瘩系列；13)
譯自：The abominable snowman of pasadena
ISBN 978-986-272-906-9(平裝)
874.59　　104020141

版　　權——翁靜如、吳亭儀
行銷業務——林彥伶、石一志
總 編 輯——何宜珍
總 經 理——彭之琬
發 行 人——何飛鵬
法律顧問——台英國際商務法律事務所 羅明通律師
出　　版——商周出版
臺北市中山區民生東路二段 141 號 9 樓
電話：(02) 2500-7008 傳真：(02) 2500-7759
E-mail：bwp.service @ cite.com.tw
發　　行——英屬蓋曼群島商家庭傳媒股份有限公司城邦分公司
臺北市中山區民生東路二段 141 號 2 樓
讀者服務專線：0800-020-299 24 小時傳真服務：(02)2517-0999
讀者服務信箱 E-mail：cs @ cite.com.tw
劃撥帳號——19833503 戶名：英屬蓋曼群島商家庭傳媒股份有限公司城邦分公司
訂購服務——書虫股份有限公司客服專線：(02)2500-7718；2500-7719
服務時間：週一至週五上午 09:30-12:00；下午 13:30-17:00
24 小時傳真專線：(02)2500-1990；2500-1991
劃撥帳號：19863813 戶名：書虫股份有限公司
E-mail：service@readingclub.com.tw
香港發行所——城邦（香港）出版集團有限公司
香港 灣仔 駱克道 193 號東超商業中心 1 樓
電話：(852) 2508-6231 傳真：(852) 2578-9337
馬新發行所——城邦（馬新）出版集團
Cité(M) Sdn. Bhd. 41, Jalan Radin Anum,
Bandar Baru Sri Petaling, 57000 Kuala Lumpur, Malaysia.
電話：(603)9057-8822 傳真：(603)9057-6622
商周出版部落格——http://bwp25007008.pixnet.net/blog
政院新聞局北市業字第 913 號

美術設計——王秀惠
印　　刷——卡樂彩色製版有限公司
經 銷 商——聯合發行股份有限公司 新北市 231 新店區寶橋路 235 巷 6 弄 6 號 2 樓
電話：(02)2917-8022 傳真：(02)2911-0053

■ 2003 年（民 92）07 月初版
■ 2021 年（民 110）01 月 13 日 2 版 2 刷
■ 定價 / 199 元

ISBN 978-986-272-906-9

Printed in Taiwan
城邦讀書花園
www.cite.com.tw

Goosebumps®

Goosebumps®